U0801871

阅 读 滋 养 人 生

读名家，品经典，助成长

专家审定委员会

统编语文教材推荐书目 快乐读书吧

欧洲民间故事

Ouzhou Minjian Gushi

文晓会 编译

四川教育出版社

图书在版编目（CIP）数据

欧洲民间故事 / 文晓会编译 . -- 成都 : 四川教育出版社 , 2020.7
（快乐读书吧）
统编语文教材推荐书目
ISBN 978-7-5408-7334-9

Ⅰ . ①欧… Ⅱ . ①文… Ⅲ . ①民间故事—作品集—欧洲 Ⅳ . ① I507.3

中国版本图书馆 CIP 数据核字（2020）第 101781 号

统编语文教材推荐书目　快乐读书吧

欧洲民间故事

文晓会◎编译

出品人　雷　华
策划编辑　任　舸
特约策划　段晓猛
责任编辑　杨　波
装帧设计　鹿　琳
出版发行　四川教育出版社
地　址　四川省成都市黄荆路 13 号
邮政编码　610225
网　址　www.chuanjiaoshe.com
排版制作　文贤阁
印　刷　三河市南阳印刷有限公司
版　次　2020 年 8 月第 1 版
印　次　2020 年 8 月第 2 次印刷
成品规格　145mm × 210mm
印　张　6
插　页　8
书　号　ISBN 978-7-5408-7334-9
定　价　22.80 元

如发现质量问题，请与本社联系。总编室电话：(028) 86259381
营销电话：(028) 86259605　邮购电话：(028) 86259605　编辑部电话：(028) 85636143

名著阅读课程化方案

阅读是同学们汲取知识、提升能力和素质的重要途径。同学们如何阅读才能获益最多？本丛书依据统编版中小学语文教材，为同学们量身制订了一套科学合理的课程化阅读方案，包含阅读规划、阅读要点、阅读攻略等，旨在帮助同学们实现有价值的阅读，通过阅读提高自己的综合素养，丰富自己的精神世界。

系统阅读规划

阅读阶段	阅读群体	阅读要求	推荐书目	推荐理由
第一阶段	1～2年级学生	能流畅阅读浅显的童谣、儿歌、童话、寓言、故事等，培养阅读兴趣。	《和大人一起读》《读读童谣和儿歌》《孤独的小螃蟹》《一只想飞的猫》《“歪脑袋”木头桩》《小狗的小房子》《小鲤鱼跳龙门》《神笔马良》《七色花》《愿望的实现》《一起长大的玩具》……	作品内容浅显，全书注音，注重快乐阅读，符合低龄学生的阅读特点。
第二阶段	3～4年级学生	养成读书习惯，能理解作品大意，广泛查阅并与同学交流图书资料。	《安徒生童话》《格林童话》《稻草人》《中国古代寓言》《伊索寓言》《克雷洛夫寓言》《中国古代神话》《世界经典神话与传说》《看看我们的地球》《灰尘的旅行》《人类起源的演化过程》……	阅读这些作品，不需要有专业知识就能理解作品大意，并能学到新知识。
第三阶段	5～6年级学生	能够主动进行探究性阅读，提升文学素养。	《中国民间故事》《欧洲民间故事》《非洲民间故事》《西游记》《红楼梦》《三国演义》《水浒传》《小英雄雨来》《爱的教育》《童年》《鲁滨逊漂流记》《汤姆·索亚历险记》……	作品内容相对来说比较深刻，有益于提高学生的思考能力。
第四阶段	7～9年级学生	广泛阅读各种名著，能通过阅读名著认识社会、感悟人生，提高综合素质，学以致用，举一反三。	《朝花夕拾》《白洋淀纪事》《湘行散记》《猎人笔记》《给青年的十二封信》《骆驼祥子》《昆虫记》《钢铁是怎样炼成的》《泰戈尔诗选》《简·爱》《儒林外史》……	作品所反映的内容与现实密切相关，可以满足学生对社会、人生的探索。作品所体现的美好品质对学生的成长有着激励作用。

快乐阅读要点

品读经典，与经典同行，和文学巨匠来一次心灵的碰撞，让自己的灵魂接受一次全新的洗礼，相信你会有一个绚丽的人生。本丛书设置了多个阅读辅助板块，提炼阅读要点，帮助同学们在快乐阅读中培养兴趣、增长见识、启迪心智。

培养兴趣 | PEIYANG XINGQU

为培养同学们的阅读兴趣，本书每一章节前均设置了“名师导读”板块，简单介绍章节内容，巧妙提出相关问题，吸引同学们持续阅读。另外，本书配以精美的插画，生动的画面能够激发同学们的阅读兴趣。

增长见识 | ZENGZHANG JIANSHI

名著是人类智慧的结晶，是知识的源泉。为使同学们开拓视野，增加知识储备，更好地理解名著的意蕴，本书设置了“阅读速递”“延伸阅读”等栏目。

启迪心智 | QIDI XINZHI

任何一部名著都有着深刻的内涵，给人以启迪。它们或教育人奋发图强，或教育人永不言败，或教育人韬光养晦，或教育人懂得感恩……本书的“品读赏析”栏目旨在概述作品内涵，向同学们传达成长智慧，启迪同学们的心智。

有效阅读攻略

读书是一门学问，讲求方法和原则。为使同学们能科学读书、有效读书，我们提供了以下几种行之有效的阅读方法。

1 泛读

泛读即广泛阅读，指读书面要广，要求广泛涉猎各方面知识。古人云："读书破万卷，下笔如有神。""读万卷书，行万里路。"多读书，尤其是多读名著，有益于开阔视野，充实自我。

2 速读

速读即快速阅读，指对作品迅速浏览一遍以掌握其全貌。古语云："五更三点待漏，一目十行读书。"运用速读法读书，可以加快阅读速度，增加阅读量。

3 跳读

跳读即略读，指读书时把不重要的内容放在一边，选择重要部分进行阅读。有时读书遇到疑难问题无法解惑时，也可以先跳过问题继续往下读，便可前后贯通。东晋大诗人陶渊明曾说："好读书，不求甚解；每有会意，便欣然忘食。"

4 精读

精读即细读，指深入细致地研读。精读要求读书时精心研究，细细咀嚼，抓住书中的精华。唐代文学大家韩愈有句名言："记事者必提其要，纂言者必钩其玄。"读书如能做到"提要钩玄"，则基本掌握了书的大意。

5 善思

读死书是没有用的，读书时要知道怎样用眼睛去观察，怎样用脑子去思考才行。读书贵在思索。只有把学与思结合起来，才能真正领会书中的要义。

6 活用

读书要懂得举一反三，学以致用。南宋学者陈善读书提倡"出入法"，即读书既要读进书中去，又要从书中跳出来。倘若读书不能跳出书本，不能学以致用，就不算高效读书。

王子和美丽的少女罗西娜相遇。（《火炉里的罗西娜》）

狐狸在心里嘀咕着，它生气了，一下子跳上屋顶，开始乱跳起来。（《小母鹅》）

驴在逃往不来梅城的途中遇到一只趴在路边的猎狗。（《不来梅的城市乐手》）

狐狸列那教野兔科阿尔唱歌。（《列那和小动物们》）

小猪倌亚诺什向国王请求爬上神奇的苹果树，为国王摘下苹果。（《参天树》）

国王请来的巫婆把小公主瓦西丽萨变成了一只青蛙。（《青蛙公主》）

序言

歌德曾说："读一本好书，就是和一位高尚的人谈话。"文学名著是人类文化的精华，是文学巨匠、思想巨擘智慧的结晶，是我们生命中不可或缺的精神食粮。

名著犹如一面镜子，既能照出人的本性，又能照出世间的美丑。名著源于现实生活，名著中的人就是作者对现实中的人的再塑造，名著中描摹的人性的善、恶、美、丑就是现实中人性的真实反映，名著中建构的世界就是真实世界的缩影。因此我们阅读名著，就是在名著中阅读自己、阅读世界。

走进名著，开始快乐阅读吧！阅读会使你发现真实的自己，辨识自己身上的优点、缺点，摆脱平庸与狭隘，使自己的人格得到升华；阅读会使你练就一双智慧之眼，分清是非，辨别美丑，学会用正确的眼光看待大千世界；阅读会培养你的审美观，充实你的思想，使你成为一个通情达理、身心健康、感情真挚、品德高尚的人。

中小学生正处于身心快速发展的阶段，尤其需要经典名著的滋养。为此，我们依据统编版中小学语文教材，遵从中小学生的阅读特点，精心选编了这套丛书。本丛书包含童谣、儿歌、寓言、故事、童话、小说、诗歌、散文等多种作品，这些作品或是指引时代的航标，或是传承千年的箴言，或是激荡人心的妙笔，都能如春风细雨般滋润每一位小读者的心田。另外，我们精心设置了"阅读速递""名师导读""名师点评""品读赏析"等栏目，希望以此为同学们搭建一架通往文学世界的桥梁，让同学们能感受到经典名著不朽的艺术魅力。

阅读速递

YUEDU SUDI

作品概述

民间故事是人民群众智慧的结晶，也是文学创作的重要源泉。民间故事题材广泛、想象丰富，或幽默，或夸张，或浪漫，有着很强的趣味性。欧洲有着深厚的文化底蕴，孕育出了很多杰出的诗歌、小说等，民间故事同样异彩纷呈。

《爱父亲如盐》是意大利著名的民间故事，可爱的小公主说自己爱父亲像爱盐一样，这让老国王勃然大怒，觉得小公主根本不爱他。随着故事的发展，老国王对小公主的看法会改观吗？什么样的契机让他对此改观了呢？

在法国，提起狐狸列那，可以说无人不知，无人不晓。这只足智多谋的狐狸，为了生存，想方设法哄骗弱小的动物并吃掉它们；而面对比自己强大的动物，列那又能毫不畏惧，运用自己的智慧将对方耍得团团转。想一睹这只充满魅力的狐狸的风采，就

《苦难的历程》，从侧面反映了十月革命这一重大的历史转折事件。阿·托尔斯泰出身贵族家庭，曾在彼得堡工学院学习，第一次世界大战期间曾担任战地记者。十月革命爆发后，他一度流亡西欧，归国后写了一系列批判资本主义的杰出作品。阿·托尔斯泰很早就开始搜集俄罗斯民间故事，曾出版童话集《喜鹊的故事》等，本书收录的《青蛙公主》《猫和狐狸》等故事就是由他整理的。

很多著名作家为民间故事的传承作出了不可磨灭的贡献，但我们今天之所以能欣赏到浩如烟海的民间故事，主要靠的还是群众的智慧和力量。我们要积极加入其中，为保护和传承民间故事贡献出自己的力量。

艺术特色

世界各地都有别具特色的民间故事，虽然情节各异，但主人公不外乎神魔、人物、被赋予灵魂的物品、鸟兽四大类。同时，世界各地的民间故事还具有以下共同特征：

1. 集体创作：民间故事出现的年代一般较早，在文字普及率较低的年代，能否得到劳动人民的喜爱并吸引他们口口相传，对民间故事来说是一个十分严峻的考验。因此，得以流传至今的故事，都是经过层层筛选和检验的精品。人们在向他人复述自己听来的故事时，都会有意或无意地对其进行加工、琢磨。所以，一个优秀的民间故事，往往是由广大群众集体创作的。因此，这些故事也很容易随着时间、地域、民族的不同或传播者思想感情的变化而出现种种变异。

2. 充满幻想色彩：民间故事题材广泛，大多数都有着超自然的、异想天开的成分，有些故事情节更是曲折离奇、瑰丽动人，充满浪漫主义的幻想色彩。同时，由于当时生活资源比较贫乏，人们往往将一些现实生活中无法做到的事寄托在故事中，借主人公之手来解决某些难题，以此作为一种精神上的慰藉。

3. 有鲜明的教育意义：从一定意义上来说，民间故事可以视为古人的童话，而注重对儿童的教育是古今中外童话的一贯风格。所以，民间故事大多都是积极向上的，洋溢着惩恶扬善、锄强扶弱的感情色彩。

4. 与现实生活联系紧密：民间故事虽然大多数都具有强烈的幻想色彩，但依然是以现实生活为支撑的，是一种“源于生活，高于生活”的艺术形式。

5. 追求故事性，忽略创作技巧：不同于注重思想性与艺术性紧密结合的文人创作，民间故事追求的主要是故事性，趣味性强，脉络清晰，但是情节比较单一，细节禁不起严格推敲，逻辑安排比较随意，人物形象往往也不够丰满和鲜明。这通常是由于创作者知识、见识有限而导致的，但其却有一种异想天开的艺术魅力。因此，很多具有杰出造诣的大作家在整理民间故事时，对其中不合理、无逻辑的情节并没有进行大肆的删改，而是最大程度地将其保留了下来。

欧洲有着深厚的文化底蕴，那里的民间故事既有全世界民间故事共同的艺术特色，又充满着独立和自由的精神。欧洲也是一个“童话大陆”，如今享誉世界的《伊索寓言》（广义上属于童话）、《格林童话》《安徒生童话》都诞生于这里。欣赏欧洲的民间故事，我们能体会到现实主义、民间幽默与惊人的想象力的完美融合，获得独特的艺术享受。

人物写真

▶ 列那

出自《列那狐的故事》。列那是一只身份高贵的狐狸，生性狡猾、残忍，想方设法哄骗小动物，以满足自己的口腹之欲。动物王国里很多动物都遭到过列那的戏弄，特别是贪婪、愚蠢的大公狼叶森格伦。只有一只名叫梯培的猫跟列那一样足智多谋，甚至反过来戏弄了列那。

▶ 亚诺什

出自《参天树》。他原本是一个小猪倌，为了帮助国王实现愿望，爬上了高高的苹果树，还娶了树上的一位公主为妻。但是，他的妻子被一条巨龙抢走了。亚诺什历经千辛万苦终于除掉了巨龙，救回了妻子。

▶ **瓦西丽萨**

出自《青蛙公主》。瓦西丽萨原本是个聪明、漂亮的公主，却不幸变成了一只丑陋的青蛙。邻国的王子在命运的指引下与她结婚，并用自己的爱与善良帮助瓦西丽萨摆脱了诅咒，此后两人过上了幸福的生活。

目录

MuLu

欧洲民间故事

意大利

德　国

法　国

匈牙利

俄罗斯

爱父亲如盐

名师导读

这是流行于意大利地区的一个民间故事，也是世界著名的童话故事之一，由卡尔维诺整理。故事讲述了一位年老的国王，想在自己的三个女儿中选择一个继承王位。于是，他问了女儿们一个问题，并打算如果谁的回答让他最满意，谁就能继承王位。结果，小女儿玛露什卡因为她的回答而被赶出了王宫。国王究竟问了什么问题？玛露什卡又回答了什么而被赶出王宫呢？

很久以前，一位国王有三个女儿，他十分疼爱女儿们，就像爱护自己的眼睛一样。然而时光如梭，转眼间他已经是一位须发花白的老人了，他的思维一天比一天迟钝，身体一天比一天衰弱，他不得不思考一下，在自己死后，这个国家该由哪个女儿来接管。

因为对三个女儿都一样疼爱，这个三选一的问题还真让国王为难。后来，他终于想出了一个方法选出最爱父亲的女儿，并让她成为女王。他把三个女儿叫到面前，对她们说：“孩子们，我已经老了，不知道还有多长时间可以陪在你们身边。我想是时候在你们中选出一个来接替我的王位了。可是，在下决定之前，我想问你们一个问题：‘你们是怎样爱我的？’接下来，从大女儿开始回答。”

“父亲，我对您的爱比山高、比海深，比全世界的金子加在一起还要珍贵。”大女儿说完，俯下身吻了一下国王的手背。

“你的回答呢，二女儿？你是怎样爱我的？”

“亲爱的父亲，我对您的爱胜过深深的海水，胜过世间的一切。”二女儿说完，微笑着上前，轻轻地挽起国王的手臂，依偎在他身边。

词语在线

依偎：亲热地靠着；紧挨着。

“你是怎么爱我的，我可爱的小女儿玛露什卡？”

此时，国王的心情大好，连说话的语气都变得温柔起来。

“我爱您，父亲！我爱您就像爱盐一样。”玛露什卡说完，满怀深情地看着父亲。

“真是个不孝的女儿，你爱父亲竟然像爱盐一样？”

“怎么能这样说呢！像爱盐一样？这是我听过的最好笑的事了。”大姐姐也嚷嚷起来。

“是的，我爱父亲像爱盐一样。”玛露什卡坚定地重复了一遍。

盐不过是寻常的东西，谁家都有，很多人都不把它当回事。小女儿爱父亲，就像爱最普通的盐一样，比起姐姐们所说的，国王感到生气也在情理之中。

“你给我滚！我不想再见到你！”

国王的心情一下子跌到了谷底，他对着玛露什卡大声怒吼，最后还气呼呼地说：“等到所有人都说盐比金子和宝石更珍贵时，你就可以回来当女王了！”

直到此时，善良的玛露什卡才明白父亲为什么发这么大的火。她的两眼满含泪水，心中装满忧愁，最后只能失落地离开了王宫。

在街上，玛露什卡不知道该往哪儿走。她从来没有离开过王宫，只好借着风的力量，一路顺风而行。她翻山越岭，最终走进了黑森林深处。

玛露什卡感觉自己迷路了，根本没有注意到一位老婆婆不知什么时候出现在了她的面前。她恭恭敬敬地向老婆婆问好，老婆婆和蔼(ǎi)地询问道：“发生了什么可怕的事吗？这位漂亮的姑娘，你为什么满脸泪水？”

“老奶奶，我对您说了能有什么用呢？您是帮不上忙的！”玛露什卡擦了擦眼泪，回答她。

“没关系，你只管说吧！俗话说，人老见识多！说不定我能给你出个主意呢！”

玛露什卡想想觉得有道理，就把事情的来龙去脉讲给老婆婆听。讲到后面，她担心被老婆婆误会，含着眼泪补充

词语在线

来龙去脉：山形地势像龙一样连贯着。本是迷信的人讲风水的话，后来比喻人、物的来历或事情的前因后果。

道:“我不想当女王,更不想管理国家。我只希望父亲能相信我,我真的非常爱他!”

其实,老婆婆是一位仙女变的,她早就知道玛露什卡经历了什么。她听完玛露什卡的话后,沉默了片刻,建议玛露什卡先跟自己回家,这样可以给她提供一个落脚的地方,以后再找机会去跟她的父王解释。玛露什卡正因为找不到安身之所而发愁,所以立即答应下来。老婆婆领着她来到一座林中小屋,给了她食物和水,然后问她会不会放羊、纺纱或织布。

“我都不会,”玛露什卡小声说,“可是,只要您愿意教我,我一定能学会。”

“好,只要你听话,按照我说的去做,等到时来运转,你会万事如意的。”老婆婆微笑着回答她。

玛露什卡答应一定照她的话去做。

就在玛露什卡为老婆婆干活儿时,两个姐姐不停地在国王面前撒娇献媚,从他那儿哄走了一件又一件的珍宝,过着游手好闲的日子。大女儿穿金戴银,喜欢打扮,首饰做了一件又一件;二女儿迷恋跳舞,喜欢炫耀,宴会一个接着一个。国王很快察觉出来,大女儿爱金子远远胜过爱父亲,二女儿爱宝石完全胜过爱父亲。

词语在线

游手好闲:游荡成性,不好劳动。

国王越来越想念玛露什卡,只有她才是真心关心他的!国王终于发现,在自己的心里,更希望小女儿坐上女王的宝座。他恨不得立即派人把她找回来,可是却没有关于她的一点儿消息，更不知道她的去向。不过，每当想起小女儿“爱父亲如盐”的话，国王心里还是有隐隐的怒气，因为他怎么也想不出自己和盐有什么可比性。

有一天，王宫正举行宴会，厨师突然惊慌地跑进来报告国王：“陛下，不好了，所有的盐都突然化没了，我们再也没有多余的盐可以做菜了！”

“派人出去找，去都城外或者其他国家，随便去哪儿都能找些盐来！”

“可是，陛下，派车到外地或者外国去运，可能会耽搁很长时间，眼下我们拿什么来做出有咸味的菜呢？”

“随便你拿什么代替吧，最好不要拿这些事情来烦我！”国王对这种小事并不在意。

名师点评 国王此时还没有意识到事情的严重性，这贴合他一贯轻视盐的想法。

“我并不想来烦您，可什么东西能像盐这样咸呢？”厨师问道。

国王被他问住了，他冲厨师发起火来，最后实在没办法，他只好告诉厨师，没有盐就别做咸的菜了。厨师遵命，做了一桌子没放盐的菜。客人们看着有史以来最奇特的、没有咸味的宴席，一点儿兴趣也提不起来，纷纷向国王告辞。国王不得不派出大队人马出去找盐，可是，他们一个个都空手而归，所有的地方都没有盐了，连卖盐的盐栈（zhàn）都缺盐。如果谁手里有点儿盐，别人拿金子去买他都不肯卖呢。国王无可奈何，只能派车队到遥远的异国去买盐。

不能举办宴会，两个女儿难受得要死，可是她们也没有解决的办法，国王连一块咸面包都拿不出来呀！这段时间，王国内所有的人朝思暮想的全是盐，很多人因为没有盐吃不下食物而变得脸色憔悴，就连国王和两个女儿也病倒了。如今的盐已经变得十分珍贵，哪怕只有一小把，都比金银财宝要贵重得多。国王逐渐明白过来，不被自己放在眼里的盐竟然是这么珍贵、这么难得。他直到现在才意识到，玛露什卡对自己的爱是多么深沉，而自己却伤害了她。

在林中小屋里，玛露什卡过得很好，她勤劳而快乐地生活着，一点儿也不知道父亲和姐姐们发生了什么。可是，老婆婆对他们的处境却一清二楚。这一天，她对玛露什卡说："漂亮的姑娘，我说过等到时来运转，你会万事如意的。现在时机到了，你可以回家啦！"

"亲爱的老奶奶，父亲不喜欢我，更不愿意见我，我怎么能这样回去呢？"

玛露什卡一边说一边又哭了起来。老婆婆把王宫发生的事情告诉了她，说眼下的盐比金子和宝石还要珍贵，劝玛露什卡回家见父亲。玛露什卡听了老婆婆的话后，决定跟她告别，离开小木屋——她太思念父亲了。

"玛露什卡，你干活儿勤快，我要好好酬谢你。"老婆婆在分别时对她说，"你说吧，想要我给你什么？"

"我什么也不要，如果您允许的话，我只想给父亲带一点儿盐回去。"

名师点评

玛露什卡一心想把盐带给父亲，体现出她对父亲的爱。

"当然可以，我可以满足你的一切要求，没有其他想要的吗？”老婆婆耐心地又问了一遍。

“不需要其他的，只要盐！”玛露什卡回答道。

“既然你对盐如此珍惜，我就让你在任何时候都不缺盐。我把这根小树枝送给你，等起风的时候，你就顺着风向走，先经过三片洼地，再翻越三座山岗，然后停下来，用它抽打地面。等地门朝你打开时，你大胆地走进去，到时你在里面见到的东西全部都是你将来的嫁妆。”

玛露什卡接过小树枝，把它收好，向老婆婆道了谢。老婆婆还给了她满满的一袋盐，然后把她送出了森林。

“你要永远善良，永远诚实！我的小姑娘，幸福会永远伴随你。”

老婆婆最后送给玛露什卡这句话。玛露什卡想说谢谢，可是老婆婆已经不见了。玛露什卡虽然感到惊奇，可她已经顾不了这么多了，便立即赶回了王宫。

因为这时的她衣着破旧，头发凌乱，好像一个小乞丐，王宫里没有一个人认出她来，没有人放她去见国王。

“请你们让我去见国王陛下吧，我给他带来了特别珍贵的礼物，它比金子和宝石还要珍贵！我还给他带来了特效药，能够很快治好他的病。”

最后，她来到国王跟前，像真的乞丐一样请求国王给她一块面包。国王给了她一块面包。

“可是，我的面包没有盐！”国王的眼神里既有悲伤，也有无奈。

“我有盐啊！”

玛露什卡说完，便切下一片面包，然后把手伸进口袋，拿出盐撒在面包片上。最后，她将面包片和口袋一起交给了国王。

“盐！”国王高兴地惊叹，“我该怎么感谢你呢？这份礼物真的太珍贵了！你想要什么？尽管说，我保证你可以得到。”

“我什么也不要，只希望您像爱盐一样爱我！”

名师点评

这里体现出玛露什卡的宽容大度。

玛露什卡说着取下了头上的布巾。国王看见自己的小女儿，高兴得几乎要跳起来。他让女儿来到自己身边，请求她的原谅。女儿拥抱了他，好像过去的事情从未发生过一样。

国王的小女儿玛露什卡回来了，而且带回了盐。这一消息很快传遍了整个王城。

所有人都非常高兴，除了两个姐姐。玛露什卡并没有责备她们，她只为能给父亲和其他人提供帮助而感到高兴。不论谁来了，她都从口袋里抓把盐给对方。神奇的是，不管她抓了多少盐出来，口袋里的盐仍旧是满满的，一点儿也不见少。

终于，靠着小女儿的盐，国王和两个女儿的病都好了。他召开了元老会，确定由玛露什卡做自己的王位继承人。玛露什卡在全城人的注视下加冕（miǎn）成为女王。她突然感到有暖风吹过脸颊，立刻想起了老婆婆对她说过的话，便拿着小树枝上路了。她顺着风向走，走过三片洼地，翻过三座山岗，最后停下脚步，用树枝抽打地面。树枝刚抽到地面，地门打开了，里面是取之不尽、用之不竭的盐，真是全世界最贵重的嫁妆啊。

从此，王国里再也不缺盐了。父亲把玛露什卡视为掌上明珠，全国的臣民都爱戴她、喜欢她。而玛露什卡至死都没有忘记老婆婆的告诫，她仍然像从前一样谦虚、善良。

品读赏析

玛露什卡真诚，善良，十分爱自己的父亲，却被爱听奉承话的父亲赶出了王宫，但是她并没有因此产生怨恨的心理，我们要学习她这种大度和宽容的精神。这个故事也告诉我们，要珍惜眼下拥有的东西，不要等到失去了才后悔。

写作积累 XIEZUO JILEI

接管　依偎　和蔼　来龙去脉　游手好闲　凌乱　加冕

·等到所有人都说盐比金子和宝石更珍贵时，你就可以回来当女王了！

·国王很快察觉出来，大女儿爱金子远远胜过爱父亲，二女儿爱宝石完全胜过爱父亲。

·国王逐渐明白过来，不被自己放在眼里的盐竟然是这么珍贵、这么难得。他直到现在才意识到，玛露什卡对自己的爱是多么深沉，而自己却伤害了她。

思考练习

1. 玛露什卡为什么被赶出了王宫？
2. 国王为什么最终将王位传给了玛露什卡？
3. 这个故事讲述了什么道理？

贝琳达与丑妖怪

名师导读

这是由卡尔维诺搜集、整理的一个意大利民间故事。一个商人意外惹怒了一个丑妖怪，丑妖怪让他把小女儿贝琳达带到自己身边才肯放过他。商人会同意吗？这个丑妖怪会如何对待贝琳达呢？

从前，在里窝那居住着一个商人和他的三个女儿。商人精明干练，积累了很多财富，和三个女儿过着衣食无忧的幸福生活。三个女儿的名字分别是阿苏达、卡罗利娜和贝琳达。三姐妹当中，排行第三的贝琳达是最漂亮的，凡是在里窝那生活的人，没有一个不喜欢她的。贝琳达不但长得美，而且性格温柔，善良谦虚。不论谁跟她打交道，都能感受到她的善良。她的两个姐姐虽然长得也很漂亮，但她们傲慢无礼，忌妒心强，常常因个人利益而惹是生非。

词语在线

惹是生非：惹是非。

日子风平浪静，转眼间三个女儿长大成人了。最近这些天，总有来自城内和城外的富商登门，向三姐妹求婚，但阿苏达和卡罗利娜总是对他们不屑一顾，为了拒绝他们，姐妹俩甚至说："我们永远不会嫁给商人！"

每当求婚者向贝琳达求婚时，总会被她的礼貌和笑容所感染，她会委婉地拒绝他们："现在我还是个小姑娘，距离出嫁还有很长的时间呢。所以，等我再长大些，你们再来谈这件事吧。"求婚者虽然被拒绝了，但却更容易接受。

不幸的是，厄运突然降临到贝琳达一家的头上：三姐妹的好日子随着父亲的货船在一望无际的大海上消失而一去不复返。父亲的货船连同船上所有的货物全部失踪，直接导致父亲破了产，他的全部财产只剩下乡间的一座小屋和一些耕地。于是，父亲想要维持全家人的生活，只得带着女儿们迁到乡间，像农民一样以耕种为生。可是，当父亲告知女儿们这个消息的时候，大女儿和二女儿立即表露出一副让人讨厌的嘴脸。

"不，爸爸，"她们几乎同时说道，"我们的衣服如此华丽，实在不适合去田里干活儿，我们想留在这里。您放心，这里有很多绅士想娶我们。"

名师点评

阿苏达和卡罗利娜不想自己努力，而是寄希望于求婚者，她们遭到现实的打击是必然的。

接下来的几天里，大女儿和二女儿分别去找了那些之前向她们求婚的绅士。当他们听说商人已经破产，这个家庭一贫如洗的时候，全部躲得无影无踪。其中那些记恨她们的人，甚至还留话说："这样很好，可以让她们姐妹俩好好学学应该怎样待人，也让她们尝尝被别人奚落的滋味！"与两个姐姐的遭遇不同，贝琳达依然被几个富裕的小伙子求婚，即使她和父亲已身无分文，但她的美和她待人的态度足以让他们对她迷恋不已。但是，贝琳达仍然拒绝了所有人的求婚，她一心只想帮助家人渡过难关。一家人到了乡下，贝琳达很早便起床做家务，为父亲和两个姐姐准备饭菜。两个姐姐一般要睡到上午十点才起床，对家里的事情她们连一根手指都懒得动，还常常因为妹妹更适应乡村生活而对她言语刻薄，说她是村姑。

一天，父亲突然收到一封信，得知消失的那艘货船已经平安回到了里窝那，船上的部分货物也安然无恙。大女儿和二女儿听到这个消息后，想象着她们很快可以返回城里，不用再过现在的贫穷日子，高兴得像发了疯似的。父亲准备动身去里窝那，临行前他对女儿们说："我现在去查看一下剩下的货物，你们想要什么？我可以给你们带回来。"

阿苏达抢先说："我要一条透明的丝绸长裙。"

卡罗利娜紧接着说："我也要一条，要桃红色的。"

父亲看到贝琳达一言不发，关心地问："你想要什么？"

"我想现在还不是买贵重东西的时候。爸爸，请您给我带一支玫瑰吧，有玫瑰我就满足了。"两个姐姐听了，都嘲笑她，而贝琳达并不在意，高高兴兴地送别了父亲。

然而，父亲来到里窝那，发现事情并没有想象中那样顺利。当他要取走剩余的货物时，货物却被一些商人拦下了，他们说他欠了债，必须拿这些货物来抵债。几经交涉之后，满怀希望、长途跋（bá）涉而来的父亲，却落得两手空空。

为了不让女儿们失望，他用口袋里仅有的钱买了阿苏达和卡罗利娜想要的长裙，却再也没有多余的一分钱来买玫瑰了。

踏着夕阳的余晖，商人开始往家里赶。走了一会儿，天慢慢黑了下来，他走进一片树林，却找不到出来的路。这时，天空飘起了雪，风也越来越大，商人又冷又饿，又没有地方可以躲避风雪，整个人感觉糟糕透了。后来，他在跌跌撞撞中躲到一棵树下，而周围野狼的嗥（háo）叫声，让他十分担心自己会被撕烂。

词语在线

跌跌撞撞：状态词。形容走路不稳。

夜越来越深，周围也越来越冷，商人哆嗦着，用力裹了裹外衣，蜷缩成一团。这时，远处的一点灯光给了他希望，他向着灯光的方向走去，眼前竟然出现了一座灯火通明的宫殿。宫殿大门敞开着，里面一个人也没有，商人看了看周围，又探头看了看里面，还是大着胆子走了进去。

华丽的大厅里一点儿动静也没有，显得死气沉沉的，幸好壁炉烧着火，让他感觉温暖起来。商人一边烤火，一边等着主人回来，但是直到湿淋淋的衣服完全干透，也不见主人回来。商人看到桌上摆着的各种美食，忍不住吃了一些，然后就提着一盏灯，找到一间卧室，很快进入了梦乡。

第二天，一觉醒来，商人发现床头的椅子上整齐地摆放着一套新衣服。他起床穿上这套衣服，来到花园，花园中正开放着一丛玫瑰，格外娇艳。这时，商人想起小女儿贝琳达要的玫瑰，便选了一朵最漂亮的摘了下来。

“喔——”

突然，伴随着一声巨吼，一个丑妖怪从玫瑰花丛中跳了出来。这个妖怪真是太丑了，商人看了一眼，就吓得瘫在了地上。丑妖怪对着他大吼：“我给你食物，给你住处，给你新衣服，你竟然来偷我的玫瑰？现在我要你拿命来偿还。”

名师点评 此处虽然没有具体描写妖怪的丑陋，但却用商人“瘫在了地上”的表现进行了烘托，引发读者的想象。

商人可怜地跪在地上，解释说：“玫瑰花是为小女儿贝琳达摘的。她是最懂事、最乖巧的女儿，我出门的时候，她什么礼物也不要，只想要一支玫瑰花。”丑妖怪听了贝琳达的事，心情好了很多，片刻之后，他对商人说：“世上有这么好的女儿，你应该把她带到这里来，让我来照顾她，她可以享受女王一样的待遇。如果你不送她来，你和你的家人再也过不了平静的生活，因为无论你们躲到哪里，我都会追到你们。”

可怜的商人才经历了一次惊吓，这次又被吓得半死，以至于他不敢相信丑妖怪会放他回去。父亲回到家后，女儿们都迎了过来。大女儿和二女儿并不关心父亲的行程是否顺利，只顾着索要礼物，只有贝琳达满心欢喜，对父亲嘘寒问暖。父亲先把一条长裙送给阿苏达，又把另一条长裙送给卡罗利娜。最后，他来到贝琳达的身边，把那支玫瑰交到她的手上，并且跟她讲述了自己在途中遭遇的不幸。

词语在线 嘘寒问暖：形容对别人的生活十分关切（嘘寒：呵出热气使受寒的人温暖）。

两个姐姐听了父亲的话后，马上抱怨说：“我们早就说了，要什么玫瑰！她的想法太奇怪了。现在好了，我们全家都要跟着她倒霉了。”

贝琳达听了这些话并不生气，她对父亲说："只要我去，妖怪就不会伤害你们吗？那我就去吧。"

父亲坚决不答应把小女儿送给丑妖怪，但是贝琳达已经下定决心，即使是父亲也不能改变她的主意。第二天，父亲和贝琳达上路了。天黑后，他们来到了妖怪的宫殿。父女俩走进灯火通明的大厅，餐桌上已经准备好了双人份的饭菜，他们坐下来，刚尝了几口，就听到外面传来一声巨吼，丑妖怪随即出现了。贝琳达第一眼看到他，整个人都惊呆了：他的丑陋已经超出了人类的想象，难以用语言形容。

"贝琳达，你是否自愿来这里生活？"在贝琳达发愣的时候，丑妖怪向她提问。

"是的！"贝琳达的回答坚定无比，显然她已经恢复了勇气。

丑妖怪很满意，他默默地递给商人一个装满金币的背包，让他立即离开这里，并且永远不许再来。可怜的父亲最后吻了吻女儿的脸颊（jiá），忍痛跟女儿分别，一路痛哭流涕地回到了家。

词语在线

偌大：这么大；那么大。

在同妖怪问过晚安后，贝琳达的一天拉下了帷幕，偌（ruò）大的宫殿里只剩下她一个人。她安静地躺在床上，回忆着一天的经历，很快就睡着了。她睡得很香，因为她让父亲和姐姐们摆脱了意外的灾难，觉得很欣慰。

第二天，贝琳达起床后，因为对这座宫殿感到很好奇，所以想到处走走看看。她从卧室出来，一眼就看到卧室的门上写着一行小字："贝琳达的房间。"她走进隔壁的房间，发现了一个华丽的衣橱，衣橱门上写着："贝琳达的衣橱。"

"我的衣橱？我从来没有过这么大的衣橱呢！"贝琳达自言自语道。她好奇地打开衣橱，惊讶地发现里面挂满了漂亮的衣服，而且每一件衣服上都绣着"贝琳达的衣服"这几个字。她关上衣橱门，因为不知道将要发生什么，心里有些不安。

一天下来，贝琳达在宫殿里没有看到任何人，却发现到处都贴着相同的木牌，所有木牌上都写着这样一句话：

"你是这里的女王，想要什么就能拥有什么。"

晚饭的时候，贝琳达在餐桌旁坐下来，再次听见了那个吼声，丑妖怪出现了。

"对不起，"他礼貌地问，"我可以坐下来陪你吃晚饭吗？"

名师点评

丑妖怪的外表和他的举止很不相称，这为他的身份埋下了伏笔。

贝琳达礼貌地回答道："当然可以，你是这里的主人。"

丑妖怪却说："不是的，这里的主人只有你。宫殿和里边的每一样东西只属于你！"他说完，看了看贝琳达，沉默了一会儿，突然又问："我真的很丑吗？"

贝琳达回答道："从长相来说是很丑，但你的善良让我觉得你并不丑。"

听了她的话，妖怪马上追问道："贝琳达，你愿意嫁给我吗？"

贝琳达浑身颤抖了一下，不知道该怎样回答。要说愿意，那肯定是在说谎；但如果拒绝，不知道后面会发生什么可怕的事。最后，她硬着头皮回答道："如果你愿意听实话的话——我真的没想过要嫁给你。"

丑妖怪听后，沉默了一会儿，然后礼貌地向她道了晚安，叹着气出去了。

转眼三个月过去了，贝琳达一直住在宫殿里，生活无忧无虑。只是每天晚上丑妖怪都会出现，然后问她同一个问题——是否愿意嫁给他，可每一次丑妖怪都是叹着气离开。时间长了，贝琳达对他的出现已经习惯了，如果哪天晚上看不到他，就会觉得浑身不舒服。

贝琳达每天都去花园里散步，在这里她发现了很多奇奇怪怪的植物。有一次，丑妖怪向她讲述了其中一棵树的神奇能力。这棵树叫悲喜树，它的枝叶十分茂盛，远远看上去就好像一把打开的小伞。当它的树叶全部挺直朝上的时候，说明贝琳达的家中有喜事发生。相反，当它的树叶全部向下垂落的时候，说明贝琳达的家中肯定有不好的事发生。

有一天，贝琳达在散步的时候，看到悲喜树的树叶直挺挺地立起来了，就跑去问丑妖怪："树叶为什么会这样挺直？"

丑妖怪告诉她："你的大姐阿苏达要结婚了。"

"我可以去参加婚礼吗？"贝琳达真的很想念家人，希望借着这个机会回家看看。

丑妖怪想了想，说："可以，你去吧！但必须在八天之内赶回来，否则我的生命会流逝，我将变得越来越好看，直至第八天死去。"他说着从衣袋里取出一枚戒指，交给贝琳达，继续说："当你看到戒指上面的宝石变暗，就说明我的状况不好，你必须立即赶回来。如果你答应我，现在就可以去挑选你喜欢的东西，作为送给你姐姐的结婚礼物。今天晚上睡觉之前，你把这些东西收在一个箱子里，放在床脚就可以了！"

名师点评

丑妖怪的话给后文埋下了伏笔，让读者不由得为他担心。

贝琳达答应了他的要求，在道谢之后，就高高兴兴地找来了箱子，开始挑选礼物了。丝绸的衣裙、精美的珠宝和沉甸甸的金币，直到箱子再也装不下，贝琳达才把它放在床脚，躺下来休息。第二天清晨，当她醒来的时候，竟然发现自己在家里，更神奇的是，箱子和里面装的礼物也在。

贝琳达的到来让家里一下子热闹起来。父亲是最高兴的，而两个姐姐得知妖怪如此善良，让贝琳达过着女王一样自在、富裕的生活，不禁忌妒起来。她们现在虽然有了妖怪赠送的礼物，不用像从前一样贫穷，但是还算不上富裕。何况，阿苏达嫁的只是一个普通的木匠。姐姐们越想越不甘心，两人一商量，便以试戴为借口，将贝琳达的戒指骗过来藏了起来。贝琳达跟她们索要了好几次，都没有成功。因为没办法看到戒指上的宝石，她又气又急，直到第七天，她才在爸爸的协助下拿回戒指，她立刻发现宝石不像以前那样明亮了，当即起身返回了宫殿。

贝琳达焦急地找遍了宫殿的每个角落，却怎么也找不到丑妖怪。直到晚餐时间，丑妖怪才出现，他看起来十分痛苦，双眼也失去了往日的光彩，他说："我生病了，很严重！如果你再晚一点儿回来，肯定见不到我了。我甚至怀疑，你不再喜欢我了！"

"不，我喜欢你。"贝琳达回答他。

"这样的话，你愿意嫁给我吗？"

"不，这可不行。"贝琳达依然实话实说。

名师点评

这里再次体现出贝琳达坚持自我、重视感情的性格。

时光飞逝，转眼又是两个月，悲喜树又一次挺直了树叶。这一次，是二姐卡罗利娜要出嫁了，贝琳达戴着丑妖怪给的戒指，精心挑选了一箱礼物，再次回到家里。两个姐姐看起来特别热情，高高兴兴地迎接她。阿苏达因为整天被丈夫打骂而变得心肠歹毒，她和卡罗利娜又将戒指骗到手，而当贝琳达费尽心思把戒指要回来的时候，她发现上面的宝石已经失去了光泽。贝琳达急忙回到宫殿，一整个白天的时间，甚至连晚饭的时间在内，丑妖怪都没有出现。到了夜里，贝琳达第一次因担心而失眠，她担心因为自己的失误害死了善良的丑妖怪。第二天一大早，贝琳达就迫不及待地去院子里寻找，恰好看到丑妖怪出现了，他有气无力地说："你知道吗？我差一点儿就死了。如果你下次还是迟到，那时一定是我的末日。"

贝琳达感到十分抱歉，并因此难过了很长时间。六个月后，悲喜树再一次表现出了超强的能力，只不过这一次，所有的树叶都干巴巴地向下低垂着。

“我家里出什么事了？”贝琳达高声叫道。

“你的父亲就要死了。”丑妖怪小声地回答她。

“你说什么？让我去见他一面吧！”贝琳达说，“我保证，这次一定准时回来。”

丑妖怪再次应允了。商人看到小女儿回到了他身边，心里十分高兴，病情开始慢慢好转。为了照顾父亲，贝琳达不分昼夜地陪在父亲身边。一次，她在洗手的时候把戒指摘下来放在了桌子上，等她回来时，却怎么也找不到了。她非常焦急，眼看着最后期限越来越近，不得不去恳求两个姐姐，让她们把戒指还给自己。当她终于拿到戒指的时候，上面的宝石除了小小的一个角，大部分已经变成黑色了。

名师点评

两个姐姐对妹妹的忌妒使她们一次次做出不道德的举动，让我们认识到忌妒心理的危害。

贝琳达跑回宫殿，发现整个宫殿变得破败不堪、黑暗阴冷，似乎已荒废了几百年。她伤心极了，一边哭一边大声地呼唤着丑妖怪，但是四周静悄悄的，没有任何应答。她四处寻找，在经过花园的时候停下了脚步，她感觉在衰败的玫瑰花丛下似乎有什么动了一下。是他！丑妖怪就躺在花丛下，已经奄奄一息了。贝琳达跑过去，跪在他身旁，听到他的心脏还有微弱的跳动。她伏下身在他的脸上亲吻着，说：“如果你死了，我的生活再也没有意义！如果你醒过来的话，我立即答应你的求婚，嫁给你，让你幸福！”

贝琳达话音刚落，整个宫殿好像复活了一样，四周灯火通明，优美的音乐声从窗口传出，周围的玫瑰花也恢复了生机。等她回过神来，低头去看，竟然发现丑妖怪不见了，一个英俊的男子缓缓地从玫瑰花丛中站了起来，正对着她恭敬地行礼，并微笑着说："谢谢你！我的贝琳达，你救了我。"

贝琳达听了他的话后，惊讶不已，说："我想要的是丑妖怪！"

男子单膝跪在她的面前，伸出自己的一只手，说："我就是丑妖怪。我原本是一位国王，因为中了魔法，才变成了那副模样。只有遇到善良的姑娘，不介意我的丑陋，愿意跟我结婚，我才能恢复原来的样子。"

贝琳达听后，毫不犹豫地把手伸给了他，两人手拉手来到宫殿门口。贝琳达的父亲和两个姐姐都在这里，父亲见小女儿得到了属于自己的幸福，真心地为她感到高兴。而两个姐姐因为看到妹妹太幸福了，心中的忌妒和怨恨无以复加，就站在大门的两边，变成了石像。

年轻的国王和贝琳达结婚后，一直过着幸福的生活。

品读赏析

贝琳达孝顺、勇敢、善良，与其说她解除了丑妖怪所中的魔法，不如说她用自己的美好品质感化了丑妖怪，让他冷酷的心变得温暖。我们要学习贝琳达的美好品质，做一个善良的人，不要只靠外表判断一个人的好坏。

写作积累 XIEZUO JILEI

惹是生非　刻薄　跋涉　跌跌撞撞　嘘寒问暖　偌大　有气无力

·他起床穿上这套衣服，来到花园，花园中正开放着一丛玫瑰，格外娇艳。

·贝琳达跑回宫殿，发现整个宫殿变得破败不堪、黑暗阴冷，似乎已荒废了几百年。

·如果你死了，我的生活再也没有意义！如果你醒过来的话，我立即答应你的求婚，嫁给你，让你幸福！

·而两个姐姐因为看到妹妹太幸福了，心中的忌妒和怨恨无以复加，就站在大门的两边，变成了石像。

思考练习

1. 贝琳达为什么会来到丑妖怪的宫殿？
2. 丑妖怪中的魔法是如何被解除的？
3. 你觉得贝琳达的哪些品质为她换来了幸福的生活？

火炉里的罗西娜

名师导读

这是由意大利著名作家卡尔维诺搜集、整理的一个民间故事。一个名叫罗西娜的漂亮女孩经常遭到继母的虐待。一天，她意外发现了几只可爱的小蟾蜍，得到了它们的祝福，但同时也遭到了诅咒，变成了一条蛇，最终在火炉里得到了重生。这是怎么回事呢？

有一个穷人，娶了一位如天仙一样貌美、温柔的妻子，不幸的是，在女儿出生后不久，妻子就患病去世了。他们的女儿名叫罗西娜，她几乎继承了母亲的一切优点，不但皮肤白皙（xī），五官精致，而且性格乖巧，惹人疼爱。可是，因为父亲必须要外出工作，家里没有人照顾她。过了不久，父亲娶了第二任妻子，并生下了小女儿。小女儿虽然长得丑，可父亲还是给她取了一个好听的名字，叫阿苏达。

从此，姐姐和妹妹相互陪伴，一起长大。她们一起上学，一起玩儿……可是每次外出回来，阿苏达总是攒了一肚子的怨气。

一次，她跟妈妈抱怨："我不想和罗西娜出去玩儿了，因为所有人都在夸奖她。人们都说她漂亮，长得像朵花；说我难看，长得好像一块炭。大家还说她善良、有礼貌，说我粗鲁、没教养。"

名师点评

人们虽然对阿苏达的相貌有偏见，但如果阿苏达言行举止有教养，依然不会被人讨厌。她不反省自己，而是忌妒罗西娜，这是不对的。

"你觉得不公平？打算从此跟姐姐保持距离？"妈妈笑着问。在她看来，这不过是小孩子之间的矛盾，不值一提，"你从出生开始，皮肤就有些黑，在我看来，这恰恰是你与众不同的美丽所在。"

"妈妈！随您怎么想吧！无论怎样，我都决定，再也不会和罗西娜一起出去了。"阿苏达反驳道。阿苏达的心已经被忌妒占据了，她很痛苦。

妈妈看她这样也很心疼，就问她："乖女儿，你打算让我怎么办？"

阿苏达听妈妈这样说，立刻兴致勃勃地跟妈妈商量起来。她让妈妈安排罗西娜去放牛，在放牛的同时还要纺一磅的麻。如果两件事有一件不能完成，罗西娜都要挨打。今天挨打，明天挨打，每天挨打……她希望罗西娜因此变丑。

妈妈为了让宝贝女儿心理得到平衡，便答应下来。第二天清早，继母把罗西娜叫过来，强硬地告诉她，她今天不能和阿苏达出去玩了。她要去放牛，给牛喂草料。同时，她还要把一磅重的麻纺好。如果晚上回来的时候牛没吃饱或者麻没纺好，都要受到惩罚。

词语在线

凶巴巴：状态词。凶狠的样子。

罗西娜以前还没见过继母凶巴巴的样子，又被她命令的口气吓到了，一时间不知道该说些什么。在她发愣的时候，继母已经拿着棍子站在了她的面前。罗西娜更害怕了，她只好乖乖地听从。

在继母的注视下，罗西娜背起一大捆麻，牵着奶牛出门了。一路上，她都在烦恼，可是没有人听她倾诉，她只好跟奶牛聊天："奶牛啊奶牛，我的好朋友！我要怎么做，才能一边纺麻一边割草呢？我觉得自己需要人帮忙。"

其中一头老奶牛听了她的诉说，很同情这位善良的小姑娘。它转过脸，慢吞吞地说："罗西娜，不要慌张，你现在去割青草，我们来帮你纺麻。你只需要这样说：

奶牛啊好奶牛，

我的好朋友，

用嘴纺啊纺，

用角绕啊绕，

帮我把麻纺成球。"

一天过去了，太阳落下西山，天色也暗了下来。罗西娜回到家，先把喂饱的奶牛送进牛圈，又从奶牛身上卸（xiè）下满满的一筐草，最后从箩筐里取出一磅重的麻线团。阿苏达以为自己的计谋得逞了，跑来看热闹，结果被气个半死。晚餐后，她说服妈妈给罗西娜分配更多的工作。

第二天早上，继母对罗西娜说："你放牛的时候，一边割草一边纺麻。今天你必须纺完两磅麻。一旦牛没吃饱或者麻没有纺完，你要小心！我已经准备好了木棍来惩罚你。”

到了田野里，罗西娜对奶牛说：

“奶牛啊好奶牛，

我的好朋友，

用嘴纺啊纺，

用角绕啊绕，

帮我把麻纺成球。”

晚上，罗西娜回到家里，她心情不错——因为奶牛喂饱了，草割好了，两磅的麻也纺好了，奶牛们足足纺了两个大线团。

“你是怎么做到的？你有帮手，对不对？”阿苏达见罗西娜高高兴兴地回来，气得脸色发青。

名师点评

遭到欺凌的罗西娜高高兴兴，施虐者却脸色铁青，这种对比非常强烈，这告诉我们，迫害别人并不会给自己带来真正的快乐。

罗西娜回答说：“是啊，我总是能遇到好心人。这些工作可以顺利完成，要感谢奶牛帮了我。”

阿苏达听说有奶牛帮忙，感到好奇，急忙跑去告诉妈妈。她想让罗西娜留在家里做家务，而自己去放牛，并且她还要坚持纺线。

这一天，阿苏达如愿以偿了。她一大清早就去放牛了，为了让奶牛快点儿走，她拿着木棍，不断地敲打奶牛的后背。到了草地以后，阿苏达什么也不说，把麻放在奶牛角上，静静地等它们纺线。

可是，这几只奶牛只顾吃草，根本不理睬她。

“快点儿！你们快去纺线！现在就去！”阿苏达气恼

名师点评

阿苏达不能善待奶牛，还想得到奶牛的帮助，显得非常可笑。

地大喊，不断用棍子抽打奶牛。可奶牛也是有脾气的，虽然开始晃动犄角，却把线弄得一团糟。

傍晚，阿苏达灰头土脸地返回家中，她不愿就此罢休，开始在心里盘算起来。

一天，她突然对妈妈说，自己想吃风铃草，希望在晚餐的时候，让罗西娜到旁边的农田里去采一些回来。

母亲见她一连几天闷闷不乐，为了让她高兴，于是答应下来。罗西娜听到这个消息的时候，感到十分惊讶和不解，她质问道："您这是要我去偷东西吗？我从来没做过这样的事。万一被主人看见，他肯定会从窗户里开枪打死我的。"

其实，这样的结果正是阿苏达想看到的。她在旁边听了罗西娜的话后，开始学着妈妈的口气命令她："没错！即使这样你也必须去！不然就等着挨揍吧。"

词语在线

厌恶：（对人或事物）产生很大的反感。

到了傍晚，罗西娜也没能改变继母的决定，只能硬着头皮去做自己厌恶的事。她先悄悄地翻过篱笆，进入农田，然后开始寻找风铃草。可是，她找遍了整块田也没有找到，在她转身要走的时候，却被一只大萝卜吸引住了。

好漂亮的萝卜！罗西娜一边想着，一边走过去拔。她用了很大的力气才把萝卜拔出来。随后，她意外地发现，萝卜下面有个蟾（chán）蜍（chú）窝，里面有五只小蟾蜍。

"哇，多么可爱的小蟾蜍呀！"她一边说，一边把它们捧起来放在腿上。可是，她一不小心，让最小的蟾蜍跌落到地上，摔断了一条腿。

“啊，对不起！小蟾蜍，你不要怪我呀！我不是故意的。”她一边道歉，一边责怪自己太鲁莽。其他四只小蟾蜍见罗西娜这么有礼貌，纷纷说起话来，而且每只小蟾蜍只说一句，谁也不多说。

“罗西娜，你对我们这样有礼貌——”

“我们决定，要给你一个大大的奖励——”

“你会变成全世界最漂亮的女孩，拥有如太阳一样耀眼的光芒——”

“无论是乌云密布的雨天，还是温暖明媚的晴天！”

这时，那只摔断腿的小蟾蜍嘟囔着说：“罗西娜，我才不要奖励你！我的腿摔断了，完全是因为你的粗心大意！所以我诅咒你，在你见到第一缕阳光时，你会变成一条蛇。直到你勇敢地走进点燃的火炉，这一切才会真正过去。”

词语在线

嘟囔：连续不断地自言自语。

罗西娜离开时，心中一半欢喜，一半恐惧。她回到家时，因为浑身散发着如太阳一样的光芒，她的周围亮如白昼。继母和狠心的阿苏达见到她变得如此美丽、如此光芒四射，完全惊呆了。罗西娜向她们讲述了自己在农田里的经历，由于担心小蟾蜍的诅咒，她小心地拜托着：“求你们千万不要让我见到太阳，我真的不想变成一条蛇。”

从此以后，每一个有太阳的日子，罗西娜都把自己关在房间里，只有在天黑以后或者在阴天的时候，她才敢出门。几年过去了，罗西娜越来越孤独，她常常坐在窗下的阴影里，一边唱歌一边干活儿。周围的人都能看到窗子周围散发的耀眼光芒，都能听到女孩优美又孤独的歌声。

一天，王子从这里经过，那个发光的地方和女孩的歌声深深地吸引住了他。王子找到罗西娜，第一眼就爱上了她，他几乎不敢相信自己的眼睛：在这个茅草屋里，竟然有如此美丽的少女！王子跟她打招呼，两人认识之后，罗西娜向他讲述了自己的经历和遭受的诅咒。王子却笑着说："我不在乎你的经历，也不在乎将来会发生什么。像你这么美丽的姑娘，不应该待在这样的地方。我决定娶你做我的妻子，带你离开这里。"

词语在线

殿下：对太子或亲王的尊称。现多用于外交场合。

就在这时，继母突然出现了，她插嘴道："殿下，您一定要想清楚呀，千万不要给自己找麻烦。您想一下，一旦罗西娜见到阳光，她会变成蛇呀。"

"这不关你的事！"王子说，然后命令道，"我知道你不疼爱罗西娜，但是你必须把她送进王宫。随后，我会派一辆全封闭的马车来接她，以保证她在路上见不到阳光。只要你做好这件事，你们一家就再也不会因为钱而发愁了！"

继母心里不高兴，但又不敢违抗王子的命令，只好强忍着忌妒之心为罗西娜的出发做准备。半天之后，一辆装饰豪华的马车到了，这是一辆复古风格的马车，车棚四面封闭，只有棚顶有一个小窗。马车前后有威武的士兵负责守卫，他们衣着华丽，帽子上插着羽毛，腰间挂着佩剑，坐在高高的马背上。罗西娜高兴地坐进马车，继母就坐在

思考练习

1. 继母和妹妹是如何百般刁难罗西娜的?
2. 罗西娜得到了小蟾蜍们哪些祝福和诅咒?
3. 你从罗西娜身上学到了哪些东西?

长不大的牧羊人

名师导读

这是一个由意大利著名作家卡尔维诺搜集、整理的意大利民间故事。故事讲述了一个调皮的牧羊人，由于遭到诅咒，身体不能长大，而且变得越来越小。为了恢复正常，他需要找到可爱的小人儿巴格琳娜和三个会唱歌的苹果。他能找到吗？

在很久很久以前，有一个小牧羊人，他个头不高，总是调皮捣蛋，常常变着法儿地捉弄人。一天，在放羊的路上，牧羊人遇到一个卖鸡蛋的小贩。小贩把一篮子鸡蛋高高地顶在头顶，走起路来摇摇晃晃，一点儿也不轻松。小贩小心翼翼地经过牧羊人的身边，牧羊人却把一块石头扔进了篮子里。随着一声脆响，所有的鸡蛋都碎了。卖鸡蛋的小贩刚开始不清楚发生了什么事，等蛋液顺着篮子的缝隙缓缓地流出来时，她气急了，跳着脚把篮子扔到一边，用手指着牧羊人，尖着嗓子诅咒道：“你呀，这辈子别想再长高大了，除非你找到可爱的巴格琳娜，她有三个会唱歌的苹果。”

从这天开始，牧羊人真的再没长高，相反，他变得越来越瘦、越来越小。牧羊人根本没想到小贩的诅咒会应验，可是，看到自己原先的衣服变得越来越大，他吓坏了，整天提心吊胆，担心自己变成像芝麻、绿豆大小的小人儿。他的妈妈看到他越来越瘦小，十分心疼，经常给他做一些美味的食物，希望他能长高。可是妈妈越疼爱他，他变得越瘦小。这样的日子过了很久，妈妈终于忍不住问他："你到底出了什么事？是不是做了坏事，被人家诅咒，才变成这个样子？"于是，牧羊人把自己恶作剧的事讲了出来，并把那个小贩诅咒他的话也讲了一遍。

词语在线

提心吊胆：形容十分担心或害怕。

"没办法了！"妈妈叹了口气，"看看你的样子，在你变得更小之前，抓紧时间去寻找巴格琳娜和那三个会唱歌的苹果吧。"

第二天，牧羊人收拾行装，离开了家。

他来到一座桥上，惊奇地发现一个小女人正坐在榛子壳改造的摇椅里，她双眼微闭，十分悠闲，而摇椅正随着她身体的晃动，来来回回地摇晃着。

"是谁站在这里呀？"小女人似乎发现了牧羊人，不过她依然闭着眼睛。

"你好呀，我的朋友。我是牧羊人，很高兴认识你！"

名师点评

从这里可以看出，牧羊人已经变得有礼貌多了。

小女人睁开眼睛，缓缓地开口道："嗯？牧羊人？你有什么事吗？"

"我正在寻找可爱的巴格琳娜，她有三个会唱歌的苹果。你可以告诉我关于巴格琳娜的一点儿情况吗？”

“我不知道巴格琳娜和什么苹果，不过我可以送你一块石头，你带着它上路，迟早会有用的。”

牧羊人小心地收好石头后，跟小女人告别，又走到另一座桥边。在这里，他又看见一个小女人，她正在鸡蛋壳里洗澡。

牧羊人远远地站住了，大声说：“你好呀，我的朋友，我是牧羊人。我正在寻找可爱的巴格琳娜，她有三个会唱歌的苹果。你可以告诉我关于巴格琳娜的一点儿情况吗？”

“我不知道巴格琳娜和什么苹果，不过我可以送你一把象牙梳子，你带着它上路，迟早会有用的。”

牧羊人走上前接过梳子，装入口袋，然后继续赶路。

这一次，他走了很久，来到一条小溪边。他看见一个奇怪的男人，那个男人正在将雾气装入袋子。当牧羊人问他是否知道可爱的巴格琳娜时，他回答说自己对此一无所知，但他送给牧羊人一袋雾气，说带着它上路，迟早会有用的。

牧羊人离开小溪，来到一座磨坊前，磨坊的主人是一只狐狸。

当牧羊人向它询问时，它回答说：“我知道可爱的巴格琳娜在哪里，只是你想要得到她，那几乎是不可能的。”

“真的吗？太好了。”终于打听到可爱的巴格琳娜的消息了，牧羊人一高兴，根本没听清它后面说了什么。

“是的！你耐心点儿，听我说。从这里出发，你需要一直向前走，等看到一座敞着大门的房子，就直接走进去。在房间的角落里，有一只挂着许多小铃铛的水晶鸟笼。你需要的会唱歌的苹果，就在那只鸟笼里！”

牧羊人问：“可爱的巴格琳娜也在房间里吗？”

“嘿，年轻人，跟你说了，耐心点儿。房间里有一个老婆婆，负责看管水晶鸟笼，你要拿走这只鸟笼，不得不留神。如果老婆婆两眼睁着，那说明她睡着了，你就可以动手；但如果老婆婆两眼轻闭，则说明她肯定醒着，你需要等待机会。”

名师点评

如果没有狐狸的指点，牧羊人肯定会在老婆婆闭着眼睛时去拿鸟笼，可见我们做什么事都不能想当然，而是要提前做好充足的准备。

“好的，感谢你的提醒，我一定能拿到水晶鸟笼！”

牧羊人说完，就继续赶路，果然在前方不远的地方看到了一座大房子。当他走进这座大房子的时候，一眼看过去，一个老婆婆正守在水晶鸟笼旁边，她正闭着眼，并没有睡觉。

“小伙子！”老婆婆首先开口道，“你低下头，帮忙看看我的头发里面有没有虱(shī)子。最近，我总是痒得睡不着。”

牧羊人一听，心中暗暗高兴，他可以借着这个机会靠近鸟笼。

在他低头帮忙找虱子的时候，老婆婆终于睁开了双眼，渐渐进入了梦乡。牧羊人趁着老婆婆睡熟了，连忙拿起水晶鸟笼逃了出来。

“叮叮当当！”笼子上的小铃铛突然间响了起来，老婆婆被惊醒了。她从衣袖里变出一百名骑兵去追赶这个大胆的盗贼。

眼看身后的骑兵要追上来了，牧羊人着急地在口袋里摸索着。终于，他掏出第一个小女人送的那块石头，使劲儿丢了出去。这块石头非常神奇，瞬间变成了一座陡峭的大山，追随而来的骑兵一个个躲避不及，全部跌下山崖，有的摔下了马，有的跌断了腿，十分狼狈。

词语在线

狼狈：形容困苦或受窘的样子。

此刻，老婆婆又变出两百名骑兵，也追上来了。牧羊人摸出那把象牙梳子，扔了出去。这把梳子也是有魔法的，它变成了一座高山，像玻璃一样光滑，后面的骑兵踏上去，全都滑下来摔死了。

老婆婆气坏了，她又派了三百名骑兵来追赶。

这次，牧羊人的口袋里只剩下那一袋雾气了，他拿出来用力掷出去，这三百名骑兵被大雾笼罩住了，顿时迷失了方向。牧羊人顺利逃走了。

跑了很长时间后，牧羊人感觉口渴。他看了看周围，没有找到水。

他想了想，伸手将鸟笼中的苹果拿出一个来。就在他准备切苹果的时候，突然听到有什么正用轻柔的声音在说话。

“请轻一点儿切，不要刺伤我啦。”

牧羊人十分好奇，但找不到是谁在说话。于是，他按照那个陌生的声音所说的，轻轻地切开苹果，吃掉了一半，将另一半装进了口袋里。

回家的途中，经过一口井的时候，牧羊人伸手去摸口袋里的半个苹果，结果掏出来一个小小的姑娘。

“嘿，你是谁？”

牧羊人把小姑娘捧在手心，小心翼翼地送到眼前。跟她说话的时候，牧羊人也十分小心，生怕眼前的小不点儿被自己说话时的气流给吹飞了。

名师点评

这里用夸张的手法极力刻画了巴格琳娜的娇小，让读者可以想象到她的可爱。

“我就是可爱的巴格琳娜！”小姑娘边回答边整理自己的裙子，“我好饿呀！你去给我拿张饼来，我最喜欢吃饼了。”

牧羊人听了她的话后，高兴极了。他找到了三个苹果，又找到了可爱的巴格琳娜！他终于可以长高、长大了。

于是，他把可爱的巴格琳娜放在井盖旁边，请她等一下，然后自己去拿饼。

碰巧在这个时候，一个长相丑陋的女仆来打水，大家都叫她“丑奴隶”。“丑奴隶”发现井盖旁边坐着一个小姑娘，十分好奇。

“你为什么长得这么精致、漂亮，而我为什么生得这么粗笨、丑陋呢？”她越说越气，竟然一气之下把这个小美人扔进了井里。

牧羊人回来后，“丑奴隶”已经走了。他发现可爱的巴格琳娜不见了，周围静悄悄的，一个人也没有，好像一切都没有发生过似的，他的心都碎了。

牧羊人伤心地回到了妈妈的身边，他每天都在变小、变瘦。有一天，妈妈从井边打水回来，发现水桶里有一条小鱼，就用油煎了，给儿子吃，并把鱼的骨头埋到了房子旁边。

几年过去了，妈妈已经去世。当初妈妈埋鱼骨头的地方长出了一棵参天大树。这棵树又直又粗，树冠好像巨伞一样，挡住了射向这座房子的光线。

如今，牧羊人变得比以前更瘦小了，不管用什么方法，他的个子总是长不大。这天，他费了很大的力气才把树砍倒，劈成木柴，又码放到家里，然后出门去放羊。

名师点评

虽然身体不断变小，牧羊人却没有自暴自弃，这里体现了他的勤劳。

晚上，牧羊人放羊回来，一进门，他就发现早晨用过的锅碗瓢（piáo）盆都已洗好了，整整齐齐地摆放在桌子上。这件事令他十分惊奇，因为他想不出，在这个世界上除了妈妈，还有谁会帮他做这些。

在之后的日子里，一天、两天、三天、四天……每一天都发生着同样的事。这天，牧羊人假装像往常一样出门，却偷偷地藏在门后，没有去放羊。他决定偷偷地观察一下，看看是哪位好心人在帮他。他等了很久，都没有看到有人从外面进来。就在牧羊人准备放弃的时候，他突然看到一位美丽的姑娘从柴堆里钻出来。她先洗锅碗，再打扫房间，最后拿出一个饼津津有味地吃起来。

“你是谁？是从哪里来的？”牧羊人从门后跳出来，追问着姑娘。

“我是可爱的巴格琳娜，”姑娘回答，“就是你在半个苹果中看到的那个姑娘呀！‘丑奴隶’把我扔进井里，我变成了鱼，又变成了鱼骨头，接着由鱼骨头变成了树的种子，再破土而出长成了树，最后被你劈成了木柴。如今，在你每天外出的时候，我就会变回可爱的巴格琳娜。”

因为重新找到了可爱的巴格琳娜，牧羊人高兴极了。不到一个月的时间，他长得又高又壮，成了一位英俊的小伙子。让人奇怪的是，可爱的巴格琳娜也跟他一起长大了。

不久后，牧羊人跟巴格琳娜举行了盛大的婚礼。

品读赏析

牧羊人原本是个讨人厌的“熊孩子”，所以遭到了诅咒。但是在经历了一次次的冒险之后，他成长了，个子也最终恢复了正常。我们也要改掉自己的一些坏习惯，努力学习，积极参加社会活动，增长自己的见识。

写作积累 XIEZUO JILEI

提心吊胆　狼狈　参天大树　津津有味

·他来到一座桥上，惊奇地发现一个小女人正坐在榛子壳改造的摇椅里，她双眼微闭，十分悠闲，而摇椅正随着她身体的晃动，来来回回地摇晃着。

·这块石头非常神奇，瞬间变成了一座陡峭的大山，追随而来的骑兵一个个躲避不及，全部跌下山崖，有的摔下了马，有的跌断了腿，十分狼狈。

·牧羊人把小姑娘捧在手心，小心翼翼地送到眼前。跟她说话的时候，牧羊人也十分小心，生怕眼前的小不点儿被自己说话时的气流给吹飞了。

思考练习

1. 牧羊人为何会遭到诅咒呢？
2. 牧羊人在故事中有哪些成长？
3. 这个故事能带给你哪些启示？

鸽子姑娘

名师导读

这是由卡尔维诺搜集、整理的一个意大利民间故事。故事讲述了一个贫穷的小伙子，得到了一份非常“轻松”的工作。他原本很高兴，但很快发现自己陷入了一个可怕的阴谋之中。他能够顺利脱身吗？他又是如何娶到鸽子姑娘的？

词语在线

相依为命：互相依靠着生活，谁也离不开谁。

很久以前，有一个小伙子，生活穷困潦倒，和母亲相依为命。有一次，他连一粒米都没有了，根本不知道要怎样活下去。为了想到摆脱困境的方法，他很早就出门，一个人面对着大海，静静地思考着。过了一会儿，他看见一个希腊人朝他走了过来。那个人微笑着问：“小伙子，你怎么看起来愁眉苦脸的？有什么烦恼的事吗？”

“唉！我连一粒米都没有了，很快就要饿死啦，我正为这个而烦恼。”

“小伙子！不要悲伤，打起精神来，跟我走吧！我每天会给你准备饭菜，给你零花钱。你只要告诉我你想要什么，我都会给你准备。”

“可是，你对我这么好，需要我干什么活儿呢？”年轻人疑惑地问道。

“有个工作需要你完成，不过是件小事情。只要你跟着我，一整年也只需要你做一件事而已。”

听他这样说，小伙子很高兴，他甚至不敢相信世界上有这么好的工作，差点儿以为自己听错了！他和希腊人签订了契约，并按照要求签字、画押。从这天开始，在相当长的一段时间里，小伙子什么活儿也不用干，活得悠闲自在。每天的饭菜都很可口，他把希腊人给的钱大部分寄回了家里，母亲再也不用挨饿了。

名师点评

希腊人的话非常蹊跷，他难道是一个热衷慈善的人？难怪小伙子会产生疑问。

直到有一天，希腊人把他叫去，用命令的口吻对他说：“去！准备两匹马，我们要出去一趟。”小伙子听了，迅速牵来马，把一切准备妥当，二人就出发了。小伙子不知道此行的目的地是哪里，只能紧紧地跟在希腊人身后。他们骑马走了很长一段时间，最终来到了一座陡峭的山峰下。

“看到了吗？你必须攀上这座山，一直爬到山顶！”希腊人看了看小伙子，交代他工作的内容。

“这么陡峭的山峰，我怎样才能爬上去呀？”小伙子有些担心地问。

“放心！我自有妙计。”

“可是，假如我不想去呢？”

“我们有约在先，你不可以反悔！你答应过一年要为我

词语在线

履行：实践（自己答应做的或应该做的事）。

做一件事，不管你是否愿意，现在你必须履（lǚ）行承诺。等你到了山顶，只要把山顶的石子儿给我扔下来，就算你完成了任务。"

希腊人说完，牵过一匹马杀掉，然后剥下马皮，让小伙子用马皮裹住自己。小伙子按照他说的刚刚裹好，就被一只正在天空中飞翔的老鹰看见了。它被马皮吸引，扑扇着翅膀，飞下来抓住马皮，然后将马皮连同小伙子一起带上了天空。老鹰在山顶降落，小伙子就这样被带上了山顶。他顺势跳出马皮，还没来得及站稳，就听见山下的希腊人高声叫喊："喂！把山顶的石子儿扔给我！"小伙子向周围扫视了一遍，惊讶地发现：这里根本没有石子儿啊！自己的脚下除了宝石，就是像树干一样粗细的金条！他终于知道原来希腊人让他上山顶来是为了给他弄这些宝石、金条。小伙子走到悬崖边，刚好看到山脚下的希腊人，他是那样渺小，好像蚂蚁一样。他仍然在高声喊着："快把石子儿扔下来！"

此刻，小伙子不得不为自己的安全着想："如果把宝石扔给他，他说不定会把我丢在这里，自己拿着宝石、金条走掉，对我不管不问，我没办法下山，只能等死。还不如我把宝石、金条留下来，再自己想办法下山。"他四处查看了一下，发现了一个像井口一样的地方，便走了下去。经过一条黑暗的隧道，他居然来到一座宏伟的宫殿前。啊！这里是巫师萨维诺的住所。

名师点评

到这里我们才知道，那个希腊人不仅不"慈善"，而且是一个为了利益枉顾他人性命的人。

"小子！你来我的山上做什么？为希腊人偷宝石？"萨维诺看见有陌生人闯进来，劈头就问，"他每年都找人干这样的坏事，每次我都把他派来的人吃掉！正好我饿了，可以把你烤熟了，饱餐一顿！”

小伙子吓得浑身哆嗦，什么话也答不上来。只听“扑通”一声，他已经跪在了巫师的面前。为了保命，小伙子发誓说自己一块宝石也没拿。

“哦？如果你没有说谎，我就饶了你！”巫师萨维诺说着，走到外面，亲自数了数宝石、金条的数量，真的没有少。

“小子！既然你没撒谎，就留下来给我干活儿吧。”萨维诺说，“我的马厩里有十二匹马，你要在每天早晨用棍子打它们，每匹马必须打足九十九下。我坐在这里，你打的每一下我都能听到。你明白了吗？”

第二天清早，小伙子提着一根粗棍子走进马厩，准备开始一天的工作。可是，当他看见那些马匹时，又觉得它们瘦得可怜，有些不忍心。在他犹豫的时候，有一匹马转过头，请求道：“请不要打我们！我们以前也是人，是巫师萨维诺用魔法把我们变成了马。如果你必须对他有一个交代，你尽管朝地上打，你每打一下，我们会配合着叫一声，听起来好像棍子打在我们身上一样。”

小伙子想了想，就照这个办法做了。萨维诺听见了棍棒声，也听到了马的嘶叫声，感到十分满意。

“喂，小伙子！”有一天，一匹老马问他，“你想不想交好运啊？我建议你到花园去，那里有一个漂亮的池塘，每天早晨都有十二只鸽子飞到那里喝水，它们会一只接一只地脱下鸽子衣服，变成温柔可爱的姑娘，钻进水里。你只要看到她们把鸽子衣服都挂在树枝上，就趁机把其中那位最美丽的姑娘的衣服拿下来，藏在自己的衬衣下面。尽管她发现后会对着你不停地说：‘还我衣服！还我衣服！’可是，你不能心软，更不能还给她，因为一旦把衣服还给她，她就会变回鸽子，跟其他姐妹一起飞走。”

名师点评

老马之所以不遗余力地帮助小伙子，就是为了回报小伙子的善良，这让我们懂得了与人为善的重要性。

“可即使我抓到她，我们还是不能离开这里！”小伙子一脸愁容地感慨（kǎi）着。老马同情他的遭遇，突然降低音量，给他指了一条下山的路。

第二天，小伙子就按老马所说的去做了。他藏在一个树丛后面，静静地等着黎明的到来。天空刚刚放亮，他就循着鸟儿扑打翅膀的声音，看见了一群飞翔的鸽子。小伙子蜷起身子，自言自语道：“它们来了！”鸽子先后来到了池塘边喝水，然后一个接一个地脱下鸽子衣服，挂在树枝上，都变成了如天仙一样漂亮的少女钻进水里。最后那位鸽子姑娘美丽极了，小伙子从来没有见到过谁有那么惊人的美貌。

终于，小伙子抓住时机，弯着腰走出树丛，悄悄地取下了最后那位鸽子姑娘的衣服，并塞到自己的衬衣底下。与此同时，姑娘们先后变回鸽子，飞上了天空。唯独剩下那位姑娘，因为找不到鸽子衣服而呆愣愣地站在小伙子面前。过了一会儿，她才反应过来，哀求着：“还我衣服！还我衣服！”小伙子就当没听见一样，拔腿就跑，姑娘便在后面紧追不舍。小伙子按照老马指出的路线，跑了很长时间，终于回到了自己家，而那位姑娘也一路追了回来。见母亲从房间里出来，小伙子把姑娘介绍给她，说："妈妈，她是我的未婚妻。您记着，无论出现什么状况，千万别让她出门。"

小伙子又去了一趟山顶，带回满满两口袋宝石，并决定卖掉它们。这一天，他离开家去了市场，只留下姑娘和母亲在家。

"还我衣服！还我衣服！"姑娘的嘴里整天只有这一句话，这让她未来的婆婆有些不耐烦，因此埋怨道："天啊，这孩子要让我发疯了。我去找找，应该能找到你的衣服！"

衣服其实就放在衣柜里。老太太想都没想就打开了衣柜，真的看到有一件漂亮的鸽子衣服。

名师点评

将鸽子衣服随意放在衣柜里，体现出小伙子的疏忽大意。

"应该就是这件吧，孩子？"老太太拿着衣服，刚刚转过身，衣服就被姑娘一把夺过去，穿在了身上。一眨眼的工夫，她已经变成鸽子飞上了天空。

老太太被眼前的一幕吓坏了。惊讶之余，她苦恼起来："这下糟了，儿子回来找不到未婚妻，我该怎么向他解释呢？"她刚想到这里，思路就被门铃声打断，紧接着儿子走了进来。当他得知未婚妻已经变成鸽子飞走了，他非常恼火，还叫嚷着："妈妈，这回你可把我害苦啦！"

几天后，小伙子冷静下来，他告诉母亲："请您祝福我吧，我要去找她。"他说完，只在旅行袋里装了一点儿面包就离开了家。

在穿越森林的时候，小伙子碰见了三个强盗正在吵架。

他们吵得不可开交，就把小伙子叫住了，说："嘿，过路的，你来给我们做裁判吧！"

小伙子有些害怕，但假装镇定地说："裁判什么？"

一个强盗说道："我们偷了三件宝贝，每个人分一件。现在，我们在为谁该分什么而争吵。所以，你来决定吧！"

"宝贝？什么宝贝？"小伙子很感兴趣。

"一个钱袋，一双靴子，还有一件外套！"

"哈，这算什么宝贝？都是些平常的东西！"

"你听我说完就知道它们有多么神奇了。不论什么时候打开钱袋，里面总是装满了钱；这双靴子更神奇，不论谁穿上它，跑起来比风还快；这件外套是大巫师的隐身衣，你穿上它，任何人都看不见你。"

"我不相信！你们让我做裁判，我必须来试试真假。"小伙子说完，就穿上靴子，抓过钱袋，披上了外套。

名师点评

令三个凶残的强盗争夺不休的宝贝，被小伙子轻松骗到手，这告诉我们，很多时候智谋要比武力更强大。

"嘿！能看见我吗？"小伙子的声音在空中飘荡。

"看不见！"强盗们摇着头回答。

"好的！我保证你们再也看不见我啦！"小伙子说完，一溜烟儿地跑了。他穿着那双神奇的靴子，跑起来比风还快。他用了很短的时间，就来到巫师萨维诺居住的山顶。他藏在池塘附近，十二只鸽子飞来喝水的时候，他一眼就看到自己的未婚妻也在其中。他看准了未婚妻的衣服挂在最高的树枝上，立刻跳出树丛，拿起衣服就跑。

"还我衣服！还我衣服！"他跑着跑着，身后传来了姑娘的叫喊声。可是，这一回小伙子吸取了上次的经验教训，马上点燃了鸽子衣服。

“好吧，现在我的鸽子衣服没有了！我愿意做你的妻子。但是，你必须为我做两件事！”姑娘一脸严肃地看着小伙子说道。

“什么事？”

“第一件，你必须先砍掉巫师萨维诺的脑袋。第二件，你要把马厩里的马全部变回人。其实，这第二件事并不难，你只需在每匹马身上拔三根鬃毛就可以了。”

于是，小伙子借着隐身衣的神奇力量，顺利地砍下了巫师的脑袋；紧接着，他又跑去马厩，把十二匹马变回了人。小伙子带着山上的宝石和姑娘一起回了家，这才知道他的妻子其实是西班牙的公主，而那十二匹马则是十二位皇家骑士。

品读赏析

这个故事有着许多国家的民间故事的影子，是一个“复合型”的故事。小伙子之所以改变了自己的命运，幸运只是其中一部分因素，主要还是靠他的机智。我们要向他学习，遇到困难要学会开动脑筋，随机应变，只要找对方法，很多难题都会迎刃而解。

写作积累 XIEZUO JILEI

相依为命　履行　感慨　不可开交

·他四处查看了一下，发现了一个像井口一样的地方，便走了下去。经过一条黑暗的隧道，他居然来到一座宏伟的宫殿前。

·最后那位鸽子姑娘美丽极了，小伙子从来没有见到过谁有那么惊人的美貌。

思考练习

1. 希腊人给小伙子介绍的“好工作”是什么？
2. 小伙子为什么能得到老马的帮助？
3. 小伙子和鸽子姑娘两人在结婚之前遇到了哪些波折？

长金角的小牛

名师导读

这是由卡尔维诺整理的一个意大利民间故事。故事讲述了一对姐弟遭到继母的欺骗而迷了路，走到了离家很远的地方，弟弟不幸变成了一只长着金角的小牛。一个王子想娶姐姐，她会嫌弃自己的弟弟吗？姐弟俩还能与家人再见面吗？

很久以前，大山里住着一对恩爱的夫妻，他们先后生下一个女儿和一个儿子，过着幸福、温馨（xīn）的生活。可是，好景不长，妻子不幸去世，丈夫没有时间照顾孩子，只能再娶。新妻子也有一个女儿，这个女儿天生残疾，有一只眼睛看不见。

为了维持生计，丈夫每天要去附近的田里耕种。新妻子身为两个孩子的继母，却一点儿也不喜欢他们，甚至根本不愿意见到他们。

这一天，继母做了面包，并交代两个孩子把面包给父亲送去。狠心的继母为了让姐弟俩迷路，故意把他们派到另一块田里，那里与丈夫干活儿的地方相距很远，而且方向也是相反的。孩子们走了很远，来到一座大山里，因为找不到父亲，开始大声喊叫："爸爸！爸爸！"但是，任凭他们怎么喊叫，都没有爸爸的应答，有的只是大山的回声。

名师点评

继母的用心非常歹毒，读者不由得为两个孩子担心。

最终，姐弟俩迷路了。

他们一路走一路喊，弟弟喊得口干舌燥。过了一会儿，他们发现了一处泉水，弟弟跑过去想要喝水，却被姐姐拦了下来。原来，姐姐很早就知道山里的泉水都是有魔力的，因此冲着泉水问道：

"泉水呀泉水，

喝了一碗的人，

究竟会变成什么？"

问完话，姐姐仔细聆（líng）听，果然听到了泉水的回答：

"谁喝了一碗我的水，

谁就会变成小毛驴。"

弟弟听了，急忙摇头说："我不要变成小毛驴！"姐弟俩强忍着口渴，继续向前走。很快，他们发现了另一处泉水，弟弟刚想扑上去喝水，又被姐姐叫住了。姐姐第二次大声问道：

"泉水呀泉水，

喝了一碗的人，

究竟会变成什么？”

问完话，姐姐仔细聆听，听到了泉水的回答：

“谁喝了一碗我的水，

谁就会变成漂亮的小狼。”

姐姐看向弟弟，他无奈地抿（mǐn）了抿嘴，又摇了摇头，还是没有喝。姐弟俩坚持着向前走。这一次，他们走了很长一段路才发现第三处泉水。姐姐再问：

名师点评

没有姐姐的谨慎、克制，弟弟早就变成毛驴或小狼了，我们要学习姐姐的优点，要能够抵挡得住诱惑。

“泉水呀泉水，

喝了一碗的人，

究竟会变成什么？”

问完话，姐姐仔细聆听，听到了泉水的回答：

“谁喝了一碗我的水，

谁就会变成小牛！”

姐姐听了，还是不想让弟弟喝，但是弟弟非常口渴，再也忍受不了了。他对姐姐说：“如果在渴死和变成小牛之间做选择，我宁愿变成小牛。”他说完便扑上去喝水。不过一转眼的工夫，弟弟就真的变成了一头小牛，而且它的头上还长着一对很特别的金角。

姐姐虽然伤心，但还是无奈地带着金角小牛重新上路了。姐弟俩一路流浪，一晃几年就过去了。

这一天，姐姐和金角小牛来到一片海滩，面对一望无际的大海，姐姐心情很好，她踮（diǎn）着脚看向四周，竟然发现这片海滩上有一座漂亮的房子。姐姐自言自语道:“谁会在这里盖房子？”其实，这座房子属于国王的儿子，他是这里最富有的人。此时，小王子正站在窗口，他看到不远处的海滩上有一个漂亮的姑娘，正牵着一头小牛向着自己的方向张望。

“到我这里来。”小王子打开窗，对姐姐说道。

“我可以过来，但是有一个条件，小牛要和我在一起。”姐姐想接受邀请，但又放心不下弟弟，就大胆地提出自己的要求。

“你为什么这么看重小牛，是不是因为它长着一对金角？”小王子感到很好奇。

“因为我喜欢它，这么多年以来，我一直亲自喂养它，哪怕一刻也不愿和它分开。”

小王子爱上了眼前的姑娘，爽快地答应了她的要求，并且不久后就娶她为妻。他们愉快地生活在了一起，金角小牛也愉快地生活在了海滩上的房子里。

姐弟俩幸福地生活着的时候，并不知道多年前的那天父亲从田里收工回家，见不到两个孩子，默默地伤心了多久。

一天，父亲为了排遣忧伤，独自出门。他走了很远很

词语在线

排遣：借某种事消除（寂寞和烦闷）。

远，背囊里除了采摘的茴香，再也没有多余的东西了。

终于，父亲也来到了小王子的房子前。恰好女儿正站在窗口，她认出了父亲，可是父亲已经认不出她了。

“您好哇！好心人，快进来歇歇脚吧！”她说着，将父亲迎到楼上。

“您认不出我吗？”女儿站在父亲面前，焦急地询问道。

“虽然我认不出你，但一点儿也不觉得陌生，反而觉得你很亲切。”父亲回答道。

“我是您的女儿呀！”她脱口而出。

她跟父亲彼此拥抱，并且告诉父亲弟弟变成了小牛，自己嫁给了小王子。父亲得知女儿拥有如此幸福的婚姻，儿子虽然变成了小牛但依然快乐地生活着，觉得很高兴。

“爸爸，您现在就把背囊里的茴香都倒出来，等一下我会往里面装上钱。”

“好的，乖女儿！要是你继母知道了这件事，她一定会替你高兴的！”

父亲一直笑呵呵的，享受着这难得的相聚时光。突然，女儿似乎想起了什么，问道：“爸爸，为什么不让继母带着她的独眼女儿一起来这里住呢？”

父亲听了，高兴地同意了，回家去通报这个好消息。

“是谁给了你这么多钱？”

名师点评

父亲不知道是妻子故意让女儿和儿子迷了路，女儿也不觉得自己和弟弟迷路是继母有意为之，体现出他们的善良。

妻子看见钱，惊奇万分，迫不及待地询问丈夫。

“老婆！我找到了女儿和儿子，女儿已经是漂亮的大姑娘了，她嫁给了小王子，就住在海滩别墅里。这些钱全部是她给的，她还邀请我们去她家，我、你，还有你的独眼女儿，我们一起去！”

继母听说这两个孩子还活着，尤其是姐姐还生活得这么幸福，又愤怒又忌妒。她装出一副高兴的样子说：“好！这真是一个好消息！我真想见见孩子们！”

当丈夫忙着整理东西时，妻子和独眼女儿就偷偷地离开家，怒气冲冲地来到小王子的海滩别墅。这个时候，小王子刚好不在家，继母趁着姐姐不注意，狠狠地抓住她，把她推出了窗外。因为窗子的外面是海，姐姐坠入海中，很快就被海水淹没了。随后，继母让独眼女儿穿上姐姐的衣服，并且嘱咐她：“等小王子回来，你要假装成姐姐的样子，并且一边哭一边对他说：‘小牛用金角刺伤了我的眼睛，现在我的一只眼睛了，看不到了！’”独眼女儿听了，连连点头叫好。

小王子从外面回来，发现独眼女孩躺在床上，正捂着半边脸啼哭。小王子把她当成了自己的妻子，忍不住关心起来：“你为什么哭呀？”

“小牛用金角刺伤了我的眼睛，现在我的一只眼看不到了！”她一边说着，一边不忘“哎哟、哎哟”地叫疼，让人听了都心疼。

小王子一气之下叫来屠夫，吩咐他马上把小牛杀掉！

小牛听了这些话后，又是伤心又是害怕，它急忙跑到面向大海的窗口，把头探出去，一边流泪一边大声地说道：

“噢！姐姐！我的姐姐！

屠夫已经在磨刀，

水盆也已经准备好，

它会装满我纯洁的血，

我就要失去这生命！”

几秒钟之后，大海里传出姐姐熟悉的声音，她说：

“你的泪啊，是白流，

我已经进了鲨（shā）鱼的口！”

正巧屠夫也听到了他们的对话，屠夫听了这些话后，深受触动，他跑回去对小王子说：“殿下啊，我不忍心杀小牛，请您来听听小牛在说什么。”

小王子跟着他，凑上前，清晰地听到一个少年的声音：

“噢！姐姐！我的姐姐！

屠夫已经在磨刀，

水盆也已经准备好，

它会装满我纯洁的血，

我就要失去这生命！”

词语在线

纯洁：①纯粹清白，没有污点；没有私心。②使纯洁。

然后，海里传出一个声音回应他：

“你的泪啊，是白流，

我已经进了鲨鱼的口！”

小王子听后，好像突然想到了什么。他叫来水兵，命令他们一定要捉住鲨鱼。水兵们迅速行动起来，他们抓住了鲨鱼，并撑开鲨鱼的嘴，小王子的妻子从里面走了出来。

从此，继母和独眼女儿被关进了监牢，她们将在这里度过漫长的余生。为了让弟弟恢复原来的样子，小王子和妻子请来一位仙女，仙女使用魔法将他变回了美丽的少年。在过去的这段时间里，他长大了很多。

品读赏析

继母在西方民间故事中始终是邪恶的象征，这是一种偏见。这个故事中的继母心肠狠毒，屡次迫害姐弟俩，令人愤怒。而姐姐对弟弟不离不弃，始终保持着善良、坚忍的品质，最终和家人团聚了。弟弟恢复了人身，坏人也遭到了报应。

写作积累 XIEZUO JILEI

温馨　聆听　排遣　纯洁

·因为我喜欢它，这么多年以来，我一直亲自喂养它，哪怕一刻也不愿和它分开。

·为了让弟弟恢复原来的样子，小王子和妻子请来一位仙女，仙女使用魔法将他变回了美丽的少年。在过去的这段时间里，他长大了很多。

思考练习

1. 弟弟是如何变成小牛的?
2. 继母的阴谋是如何被拆穿的?
3. 你觉得姐姐是一个怎样的人?

小母鹅

名师导读

这是由卡尔维诺搜集、整理的一个意大利民间故事。故事讲述了一只小母鹅遭到一只馋嘴的狐狸的纠缠。为了自保，小母鹅请铁匠为自己打造了一个铁房子。铁房子能挡住狐狸吗？狡猾的狐狸为了吃到小母鹅都使出了哪些诡计呢？

从前有一群小母鹅，每年都要长途跋涉到近海的沼（zhǎo）泽地去，因为在那里下蛋是最安全的。今年，这群小母鹅走到半路，其中一只忽然停了下来，它说："姐妹们，我想是时候说再见了，因为我马上就要下一枚蛋，不得不离开你们。你们继续向着沼泽地前进吧！"

"不，你再等等！"

"坚持一下，不是很远了！"

"别离开我们！你会很危险的。"

听了大家的话，小母鹅也想继续跟着队伍。但是，它办不到。它鼓起勇气，跟每一位同伴拥抱道别，约定回来时再见。

然后，这只小母鹅独自钻进一片树林。在一棵老橡树下，它用临时找到的枯树叶搭了一个窝，下了它的第一枚蛋。为了生计，小母鹅不得不离开蛋，外出寻找新鲜的食物和干净的水。

太阳落山时，它匆匆忙忙回到自己家，却发现蛋不见了。小母鹅伤心不已，对周围的一切感到失望，它感觉这一天是它有生以来过得最糟糕的一天。第二天，当太阳露出小半边脸时，小母鹅就鼓起勇气，开始积极寻找新的栖息地。最后，它奋力飞到树上，在枝杈间搭了一个窝，又下了一枚蛋，希望高高在上的树枝能让偷蛋贼知难而退。随后，它信心满满地从树上下来，像昨天一样离开，去找食物了。这一次，小母鹅回来后，又发现蛋不见了。它仔细思考过后，认为树林里有狐狸，是狐狸偷了蛋。要想保护蛋的安全，自己必须做点儿什么。

词语在线

栖息：停留；休息（多指鸟类）。

第三天，小母鹅终于想到了自己可以做的事情，它来到附近的小镇上，找到一家铁匠铺，叩开大门。

“铁匠先生，您好！我想要一座铁房子，您可以帮我造吗？”

“可以啊，您需要用二百枚蛋来换取。”铁匠回答道。

“成交！您现在可以开始造房子了。在接下来的这段时间里，我会给您下蛋。”

说完，小母鹅向铁匠要了篮子，静静地蹲下身子。

“当！”

名师点评

二百枚蛋的成本虽然很高，但是小母鹅却能因此摆脱狐狸的侵扰，显示出它的长远眼光。

铁匠每砸下一锤，小母鹅就下一枚蛋。在铁匠砸够二百锤的时候，小母鹅下完了最后一枚蛋，从篮子里跳了出来。

“铁匠先生，按照约定，我在篮子里为您下了二百枚蛋。”

“辛苦了，鹅夫人！这是我为您精心打造的铁房子，您现在就可以入住了！”

小母鹅谢过铁匠，带着自己的铁房子离开了小镇。一路上，它都在思考把铁房子放在哪儿最安全、最合适。最终，它回到了森林，将铁房子放在了溪边的草地上。

“这里最适合我和我的宝宝们生活：这么多新鲜的草，可以给我们提供足够的食物；这么清澈的小溪，我们可以洗澡、游戏。”

接下来，它把找来的干草放进铁房子，然后满意地钻进去关好门，准备平平安安地下蛋。

与此同时，狐狸正在树林中搜索，它回到橡树下，又爬到大树上，但再也找不到鹅蛋了。很快，它来到草地上，一眼就看见了那座铁房子。

“哈哈，被我找到了，我打赌母鹅就在里面。”狐狸心里想着，就走上前去敲门。

“是谁啊？”

“我啊，我是狐狸。”

听了它的回话，小母鹅心里一阵紧张，不过这恰恰证实了它之前的猜测。

“你走吧，我在孵（fū）蛋，我是不会给你开门的。”

“母鹅，打开门。”

“不！你会吃掉我。”

小母鹅没有忘记被狐狸偷吃的两枚蛋，也没有忘记同伴们的告诫，这个时候，它坚决不开门。不过，狐狸并没有因此放弃，它继续叫道。

词语在线

告诫：警告劝诫（多用于上级对下级或长辈对晚辈）。

“母鹅，你放心，我不吃你，打开门吧。”

过了一会儿，狐狸见小母鹅还是不开门，就大声唱道：

“当心吧，母鹅，如果你再不开门，

我将要爬上你的屋顶，

跳一支温柔的芭蕾舞，

再跳一支热情的拍手舞，

踏平大房子和小房子。”

小母鹅听了，一点儿也不害怕，它壮起胆子，大声回答道：

“即使偷蛋贼爬上我的屋顶，

跳一支温柔的芭蕾舞，

再跳一支热情的拍手舞，

也踏不平大房子和小房子。”

“竟敢叫我偷蛋贼！”狐狸在心里嘀咕着，它生气了，一下子跳上屋顶，开始乱跳起来。狐狸哪里知道，它越跳，铁房子越坚固。直到它气呼呼地站不住脚，才从上面跳下

妈妈的嘱咐把房门锁得死死的。

“给我开门。”狐狸见机会来了，大吼一声，希望把小鹅宝宝们吓住。

“妈妈不让。”

小鹅宝宝们根本不把狐狸的吼叫当回事。狐狸虽然心里恼火，可还是进不了门，只能先放弃吃小鹅的想法，大声地询问道：“妈妈是什么时候走的？”

“一大早就出门了。”

狐狸听了撒腿就往集市跑。这时，小母鹅已经买好了东西，正走在回家的路上。它远远地看到狐狸正向自己跑过来，累得舌头都伸在外面了。

“我要赶紧躲起来！可是躲在哪里呢？”小母鹅灵机一动，把目光集中在新买的带盖的大汤碗上。它快速将碗和碗盖分开，自己先蹲伏在碗盖上，然后把碗翻过来，扣在自己身上。

狐狸经过的时候，突然停下脚步，围着眼前倒扣的汤碗转了一圈，赞叹道：“哇，多漂亮的小祭坛！我必须祈祷一下。”它说着跪下来双手合十，开始了祈祷，临走的时候，还不忘放下一枚金币作为供品。

小母鹅在碗里，半天听不见动静了，才慢慢地探出头，见狐狸跑远了，赶紧起身拿起金币，收好汤碗，飞快地跑回了家。

狐狸在集市上四处搜索，可是不论在哪里都找不到小母鹅。直到集市结束，小贩们的货摊都撤掉了，狐狸也连一根鹅毛都没找到，它这才意识到，自己被小母鹅骗了！

狐狸气呼呼地返回铁房子，再一次敲响了房门。

“是谁啊？”

“我啊，我是狐狸。今天你是不是没等我？”

“哦，天太热了，我就先走了。我想着一定会在路上遇到你。”

“你走的哪条路？”

“从集市回森林，只有一条路啊。”

“不可能，为什么我没遇到你？”

“我看见你了，当时我就在小祭坛里……”

狐狸气得七窍生烟，一边使劲砸门，一边大喊大叫：“母鹅，开门！”

“不！你会吃掉我。”

“不会的，我是想告诉你，这个星期六小镇上还有个集市。你想和我一起去吗？”

“当然，星期六的早上七点钟，你来叫我吧。”

“就这样说定了，你不要像这次一样偷偷跑掉。”

随后，狐狸和小母鹅像好朋友一样告别了。

星期六到了，天还不亮的时候，小母鹅就已经起床了。它先给小鹅宝宝们梳理了羽毛，又给它们喂了最新鲜的青草，最后还不忘嘱咐孩子们，除了自己，不要给其他人开门。然后，它像一阵风一样出发了。挂在墙上的时钟刚刚报

词语在线

七窍生烟：形容气愤、焦急或干渴到了极点，好像耳目口鼻都冒火。

过六点，狐狸就急忙赶来了。小鹅宝宝们没有开门，只是告诉它妈妈已经走了。狐狸来不及发脾气，就小跑着去追小母鹅了。

小母鹅看到狐狸的时候，正站在一个甜瓜摊前，想要逃跑已经来不及了。这时候，小母鹅急中生智，挑了一个最大的甜瓜，先用嘴啄出一个洞，然后直接钻了进去。

词语在线

急中生智：在紧急中想出好的应付办法。

狐狸在集市上东转西转，连小母鹅的影子都没看到，它心想："母鹅可能还没到！不如先吃个甜瓜，边吃边等。"狐狸想着，已经来到了甜瓜摊前。它看着满地的甜瓜，一心想选个最甜的，于是它咬咬这个，尝尝那个，几乎把所有的甜瓜都尝了一遍，没有一个让它满意的。最后，它看见地上有一个大瓜，以为这个肯定甜，就趴上去咬了一口。结果，这一口刚好咬在小母鹅的嘴边，小母鹅眼看着甜瓜开了一扇"小窗户"，就从那里吐出一口痰（tán）。

"啊呀！什么甜瓜这么难吃！"狐狸怪叫着，抬脚把大甜瓜踢到了一边。小母鹅在大甜瓜里顺势一滚，滚到了更远的斜坡上停了下来，它趁机从甜瓜的背面跳了出来，一路跑回了家。

找不到小母鹅，狐狸无聊极了，它在集市上逛到太阳西沉，才回去敲小铁屋的门。

"母鹅，怎么没去赶集？你是骗子吗？说话不算数！"

"我去了，是你没看到，我就待在大甜瓜里边哪。"

"啊，你又耍了我！快给我开门！"

狐狸听了，气得眼睛都绿了，它用力地捶打着房门。

“不！你会吃掉我。”

“母鹅，你放心，我不吃你，打开门吧。”

过了一会儿，狐狸见小母鹅还是不开门，就大声唱道：

“当心吧，母鹅，如果你再不开门，

我将要爬上你的屋顶，

跳一支温柔的芭蕾舞，

再跳一支热情的拍手舞，

踏平大房子和小房子。”

小母鹅听了，一点儿也不害怕，它大声回答道：

“即使偷蛋贼爬上我的屋顶，

跳一支温柔的芭蕾舞，

再跳一支热情的拍手舞，

也踏不平大房子和小房子。”

狐狸气得直跳脚，它跳上小房子，开始乱蹦乱跳，可是小房子仍特别坚固地立在草地上，不摇也不晃。

名师点评

狐狸比小母鹅强大得多，但却奈何不了铁房子，可见工具和技术的重要性。

从这一天开始，过了很长一段时间，狐狸都没有出现。等它再来敲门的时候，完全换成一副温柔和气的面孔。

“母鹅，我是来讲和的。我想了很久，觉得还是忘记过去的不愉快比较好。如果你的想法跟我一样，不如我们一起吃顿丰盛的晚餐吧。”

“同意，不过我没有东西可以招待你，相信这些青草并不合你的胃口。”

“哦，这都不是问题，交给我来负责！你负责把饭做好摆上餐桌就可以啦。”

接下来的几天里，狐狸一直在忙碌。它送来了香肠、大块的奶酪（lào）和鸡，这些东西都是它从其他地方偷来的。东西还真不少，小房子几乎被塞满了。

终于，狐狸和小母鹅约定聚餐的日子到了。狐狸为了空出肚子，一连两天水米未进，饿得头晕眼花，走起路来摇摇晃晃的。它心里最想吃的大餐既不是香肠、奶酪，也不是鸡腿、沙拉，而是美味的鹅肉。

狐狸来到小房子前，见房门紧紧地关着，它不耐烦地大叫起来：“母鹅，你准备好了吗？来给我开门。”

小母鹅当然知道狐狸的心思，为了保护好自己和小鹅宝宝们，它想了一个好办法。

“是的，老朋友！全部准备好了，你想什么时间吃都可以。不过，因为饭菜太多，桌子挡住了门，我没办法把门打开，你要从窗户爬进来。”小母鹅回答道。

“好，对我来说从哪里进去都一样。现在的问题是，我该怎样爬进窗户？”

“我从窗口扔出一根绳子，你只要把绳子套在脖子上，我就可以把你拉进来。”

狐狸饿急了，没有仔细思考，就按照小母鹅说的把头钻进了绳套里。等它发现绳套打了结，并越来越紧时，再想挣脱已经来不及了。随着绳子被拉动，绳套变得更紧，狐狸越

名师点评

狐狸的贪婪让它付出了生命的代价，我们必须引以为戒。

来越喘不过气，越来越没有力气。最终，它被活活勒死了。

小母鹅透过窗户看到狐狸不动了，还是不放心，就猛地松开绳子，狐狸就像石头一样，直挺挺地掉在了地上。

小母鹅开心地打开门，对孩子们说："来吧，宝宝们，我们去吃青草，再去小溪里洗澡。"小鹅们听了，别提多高兴了，它们一个接一个地排好队，高高兴兴地走出家门。

这天，小母鹅跟孩子们正在晒太阳，突然听到有鹅拍打翅膀的声音，还有高亢（kàng）的鸣叫声。小母鹅跑到大路上一看，原来是母鹅们从沼泽地回来了，它们吵吵嚷嚷、前呼后拥，身边还跟着很多小鹅。

小母鹅给伙伴们讲述了自己打败狐狸的经历，伙伴们都想拥有那样一座属于自己的铁房子。在小母鹅的帮助下，它们找到铁匠，每个人都造了一座铁房子。直到现在，它们依然生活在这片草地上，并都住在铁房子里。这样一来，在世界的尽头，新出现了一个鹅国，这里的鹅都住在铁房子里，它们再也不怕狐狸的侵袭了。

品读赏析

小母鹅自身的力量在狐狸面前不堪一击，但是它善于借助他人的力量，打造了坚固的铁房子，让狐狸无计可施。这个故事告诉我们，做什么事都不能仅靠蛮力，而是要借助工具的力量，尤其是科技的力量。因此，我们要努力学习，掌握更多的知识，推动能造福人类的科学技术的发展。

写作积累 XIEZUO JILEI

栖息　告诫　前仰后合　美滋滋　七窍生烟　急中生智　高亢

· 这里最适合我和我的宝宝们生活：这么多新鲜的草，可以给我们提供足够的食物；这么清澈的小溪，我们可以洗澡、游戏。

· 狐狸离开时，已经得意扬扬地翘起了胡子，甚至开始幻想起把母鹅和小鹅们吞进肚子的情景。

· 它先给小鹅宝宝们梳理了羽毛，又给它们喂了最新鲜的青草，最后还不忘嘱咐孩子们，除了自己，不要给其他人开门。然后，它像一阵风一样出发了。

思考练习

1. 小母鹅是如何让狐狸束手无策的？
2. 狐狸为什么会死在小母鹅手里？
3. 这个故事有什么值得我们深思的地方？

德国

莴苣姑娘

名师导读

这个故事出自《格林童话》。女巫从一对夫妻身边带走了一个孩子，并给她取名为“莴苣”。莴苣姑娘长大以后，女巫把她关进了一座高塔。每当女巫想进去，她就让莴苣姑娘把头发垂下来，女巫便顺着这长发爬进去。她们的秘密是否会被别人发现？莴苣姑娘会一辈子都被关在高塔之中吗？

从前有一个男人和一个女人，他们一直想要个孩子，可一直都没能如愿。他们家屋子的后面有个小窗户，从那里可以看到一个美丽的花园，里面长满了奇花异草。可是，花园的周围有一道高墙，谁也不敢进去，因为那个花园属于一个女巫。这个女巫的法力非常高强，所有人都怕她。一天，妻子站在窗口向花园望去，看到一块菜地上长着非常漂亮的莴（wō）苣（jù）。这些莴苣绿油油、水灵灵的，立刻勾起了她的食欲，她非常想吃它们。这种欲望与日俱增，而当她知道自己无论如何也吃不到的时候，她变得非常憔悴，脸色苍白，痛苦不堪。

词语在线

与日俱增：随着时间的推移而不断增长。

她的丈夫吓坏了，问她："亲爱的，你哪里不舒服？"

"啊，"她回答，"我要是吃不到我们家后面那个园子里的莴苣，我就会死掉的。"

丈夫因为非常爱她，便想：与其让妻子死去，不如给她弄些莴苣来，管他会发生什么事情呢。黄昏时分，他翻过围墙，溜进了女巫的花园，飞快地拔了一把莴苣，带回来给妻子吃。妻子把莴苣做成沙拉，狼吞虎咽地吃了下去。莴苣的味道真是太好了，第二天她又想吃更多的莴苣了。

为了满足妻子，丈夫只好决定再次翻进女巫的园子。于是，黄昏时分，他又偷偷地溜进了园子。可他刚从墙上爬下来，就吓了一跳，因为他看到女巫就站在他的面前。

"你好大的胆子，"她怒气冲冲地说，"竟敢溜进我的园子来偷我的莴苣！"

"唉，"他回答，"求你可怜可怜我，饶了我吧。我是没办法才这样做的。我妻子从窗口看到了你园子中的莴苣，十分想吃，吃不到就会死掉的。"

女巫听了之后气慢慢消了一些，对他说："如果事情真像你说的这样，我可以让你随便采多少莴苣，但我有一个条件：你必须把你妻子将来生的孩子交给我。我会让孩子过得很好的，而且会像妈妈一样对待他。”

由于害怕，丈夫只好答应了女巫的条件。没过多久，他的妻子果然怀孕了，后来生了一个女儿。夫妻俩没高兴多久，女巫就来了，她给孩子取了个名字叫“莴苣”，然后就把孩子带走了。

“莴苣”慢慢长成了漂亮的少女。她十二岁那年，女巫把她关进了一座高塔。这座高塔在森林里，既没有楼梯也没有门，只在塔顶有一个小小的窗户。每当女巫想进去时，她就站在塔下叫道：“莴苣，莴苣，把你的头发垂下来。”

名师点评

女巫答应会好好对待“莴苣”，却把她关进了高塔，这对一个孩子来说是非常痛苦的事情。

莴苣姑娘长着一头浓密的金丝般的长发。一听到女巫的叫声，她便把发辫从窗户垂下去。女巫便顺着这长发爬上去。

几年过去了。有一天，一位王子骑马路过森林，刚好经过这座塔。这时，他突然听到有美妙的歌声，不由得停下来静静地听着。唱歌的正是莴苣姑娘，她寂寞难耐，只好靠唱歌来打发时光。王子想爬到塔顶去见她，便四处找门，可怎么也没有找到，他只好回到了宫中。那歌声已经深深地打动了王子，于是他每天都要骑马去森林里听。一天，他站在一棵树后，看到女巫来了，而且听到她冲着塔顶叫道：“莴苣，莴苣，把你的头发垂下来。”莴苣姑娘立刻垂下她的头发，女巫顺着头发爬了上去。

王子想：如果那就是让人爬上去的梯子，我也可以试试我的运气。第二天傍晚，他来到塔下叫道：“莴苣，莴苣，把你的头发垂下来。”

莴苣姑娘果真把头发垂了下来，王子便顺着头发爬了上去。

莴苣姑娘看到爬上来的是一个男人时，大吃一惊，因为她还从来没有见过男人。王子温柔地跟她说话，并告诉她，他被她的歌声打动，一直想来见她。

莴苣姑娘慢慢地不再害怕，当王子问她愿不愿意嫁给他时，她见王子又年轻又英俊，便想：这个人肯定会比教母更喜欢我。于是她答应了。她说：“我非常愿意跟你一起走，可我不知道怎么下去。你每次来的时候都给我带一些丝线吧，我要用丝线编一个梯子。等梯子编好了，我就爬下去，然后跟你一起离开这里。”

词语在线

教母：天主教、正教及新教某些教派新入教者接受洗礼时的女性监护人。

因为女巫总是在白天来，所以王子与莴苣姑娘商量好每天傍晚时见面。女巫一直都没有发现，直到有一天，莴苣姑娘顺口问她：“我问你，教母，我拉你的时候怎么总觉得你比那个年轻的王子重得多？他可是一下子就上来了。”

“啊，你这坏孩子！”女巫嚷道，“你在说什么？我还以为你与世隔绝了呢，没想到你竟然骗了我！”她怒气冲冲地一把抓住莴苣姑娘漂亮的辫子，在左手上缠了两下，右手操起一把剪刀，咔嚓几下，辫子便落在了地上。然后，她又狠心地把莴苣姑娘送到一片荒野中，让她在那里凄惨、痛苦地生活。

莴苣姑娘被送走的当天，女巫把剪下来的辫子绑在塔顶的窗钩上。王子来到塔下喊道：“莴苣，莴苣，把你的头发垂下来。”

女巫放下莴苣姑娘的辫子，王子便顺着辫子爬了上去。然而，他没有见到心爱的莴苣姑娘，却看到女巫正恶狠狠地瞪着他。

“啊哈！”她嘲弄王子说，“你是来接你的心上人的吧？可美丽的鸟儿不会再在窝里唱歌了。她被猫抓走了，而且猫还要把她的眼睛挖出来。莴苣姑娘完蛋了，你别想再见到她。”

王子痛苦极了，绝望地从塔上跳了下去。他掉进了荆棘丛里，虽然没有失去生命，双眼却被刺扎瞎了。他漫无目的地在森林里走着，吃的是草根和浆果，每天都在为失去爱人而伤心地痛哭。他就这样痛苦地在森林里转了好几年，最后终于来到了莴苣姑娘受苦的那片荒野。

词语在线

荆棘： 泛指山野丛生的带刺小灌木。

这时的莴苣姑娘已经生下了一对双胞胎：一个儿子，一个女儿。王子听到有人说话的声音，而且觉得那声音很耳熟，便朝那里走去。当他走近时，莴苣姑娘立刻认出了他，搂着他的脖子哭了起来。她的两滴泪水润湿了他的眼睛，使他重新恢复了视力，他又能像从前一样看见东西了。他带着妻子和儿女回到自己的王国，受到了国人的热烈欢迎，从此过上了幸福美满的生活。

品读赏析

作者通过曲折的情节将故事中的每个人物形象都塑造得十分丰满。女巫惩罚偷莴苣的夫妇、囚禁莴苣姑娘、剪断莴苣姑娘的长发、赶走莴苣姑娘，这一系列的情节将女巫自私、凶狠、残忍的形象完全展现了出来。而莴苣姑娘则是善良、坚强的，她被囚禁在高塔中仍能乐观地生活下去，在荒野中带着两个孩子艰难度日也没有被压垮。故事中的人物给我们留下了深刻的印象。

写作积累 XIEZUO JILEI

与日俱增　与世隔绝　恶狠狠　荆棘

· 这些莴苣绿油油、水灵灵的，立刻勾起了她的食欲，她非常想吃它们。这种欲望与日俱增，而当她知道自己无论如何也吃不到的时候，她变得非常憔悴，脸色苍白，痛苦不堪。

· 可美丽的鸟儿不会再在窝里唱歌了。她被猫抓走了，而且猫还要把她的眼睛挖出来。

· 她的两滴泪水润湿了他的眼睛，使他重新恢复了视力，他又能像从前一样看见东西了。

思考练习

1. 莴苣姑娘是如何落入女巫手中并被关入高塔的？
2. 女巫有着怎样的性格？
3. 王子和莴苣姑娘的爱情遭受了哪些磨难？

聪明的农家女

名师导读

这个故事出自《格林童话》。从前，一对贫穷的父女在翻耕土地的时候，发现了一个金臼，父亲决定把金臼献给国王。可是，父亲后来却被国王抓了起来，关进了监狱。这到底是为什么呢？女儿会想出什么办法去救父亲呢？

从前有一个非常贫穷的农民，他没有土地，只有一个小房子，和女儿两个人相依为命。一天，女儿说："我们应当去求国王给咱们一块荒地。"国王得知他们的状况后，真的给了他们一块土地。然后，他们就开始翻耕土地，准备播种粮食。当他们快翻完整块地的时候，居然在土里发现了一个纯金的臼（jiù）。

"听我说，"父亲对女儿讲，"咱们的国王很仁慈，赏赐给了我们这块土地，我们应该把这个金臼献给他。"

然而，女儿却不同意，她说："爸爸，咱们有臼却没有杵，必须先找到杵才行，所以您还是先别告诉国王。"

名师点评 这里体现出女儿的长远眼光，她的聪慧初露端倪。

但父亲没有听从女儿的建议，直接去见了国王，说他在翻地时发现了这个金臼，并希望国王接受这份礼物。国王拿过金臼，问他是不是还捡到了别的东西。

“没有。”农民回答说。

于是，国王要求他马上把杵也找来。

农民告诉国王他们没有发现杵，但国王认为他在说谎，因此将农民关进了监狱。国王说只有找到了杵才会释放他。

狱卒们每天给他送来牢饭，那只不过是清水和面包而已。他们总是听到农民大声哭号：“唉，早知道就应该听女儿的话！唉，早知道就应该听女儿的话！”

于是，狱卒们去报告国王：“农民总是大叫：‘唉，早知道就应该听女儿的话！’并且他既不吃也不喝。”国王就命狱卒去把农民带来。农民被带来后，国王问他为什么总是叫喊“唉，早知道就应该听女儿的话”，并问他女儿究竟说了什么。

“她说我不该把那金臼送来，因为您一定会要我再去找到杵。”

“要是你的女儿真的这么聪明，就让她到我这儿来一趟吧。”

在农民动身之前，国王说，要给农民的女儿出个难题，考验一下她，如果她能解决，就不再追究农民的罪过，而且会娶他的女儿。农民问是什么难题，国王说：“你让她到王宫来，既不穿衣服，也不光着身子；既不骑着牲口，也

名师点评

国王的难题让人匪夷所思，让读者迫切地想知道农民的女儿会如何应对，增强了故事的趣味性。

不走路；既不走在路上，也不走在路外。”

于是农民就回去了，并把国王的话告诉了自己的女儿。他的女儿就脱光了衣服，这样她就没穿衣服了；然后她找来一张渔网，把网一圈一圈地裹在自己身上，这样她就不是光着身子了；随后她又租来一头驴，并把渔网拴在驴尾上，让驴拖着她走，这样她就既不骑牲口也不走路了；而且，她让驴沿着车辙（zhé）拖着她走，使她只能用大脚趾点地，这样她就既不走在路上，也不走在路外了。当她来到国王面前时，国王哑口无言，只能遵守自己的诺言，赦免了她的父亲，让她做了自己的妻子，并把王室的全部财产交给她管理。

几年过去了，有一天，一些卖木材的农民把车停在了王宫前面，有的是马车，有的是牛车。有个农民的车是三匹马拉的，其中一匹马产了一只小马驹，小马驹出生以后却跑了，卧在了另一辆车的两头牛中间。于是，两个农民就为争这只小马驹而吵了起来，甚至大打出手，场面一片混乱。赶牛车的农民想把小马驹留下，说它是他的牛生下的；而赶马车的农民说是他的马生下了小马驹，所以小马驹是他的。

国王问明白了怎么回事以后，就说：“小马驹现在在哪里就归谁所有。”这样，赶牛车的农民就得到了不属于他的小马驹。另一个农民只好哭着离开了。很快，赶马车的农民听说王后也出身贫苦家庭，对人仁慈，就去求王后帮他要回自己的小马驹。

名师点评

从国王对这件案子的处理可以看出，国王处理事情并不公正，如果任由国王这样做，最终他会失去民心。

王后说："明天一早，国王去检阅卫兵时，你站在他的必经之路上，拿一张大网装作打鱼的样子，一边拉网一边还要往外倒，好像网里真的装满了鱼。"之后她还告诉农民当国王问他时，他该说些什么。

第二天，农民就按王后所说的站在国王检阅卫兵的必经之路上打鱼。国王经过时看见了，就派他的传令兵去问农民在干什么。

农民回答说："打鱼呗。"

传令兵问："水都没有，怎么打鱼？"

农民回答："当然可以，就像牛能生小马驹一样，我在马路上也能打鱼。"

传令兵跑回去向国王报告了农民的回答。国王知道农民肯定想不出来这样的主意，就命令传令兵把农民带到他跟前，问他这是谁的主意。农民一开始一口咬定是他自己想出来的主意，但是国王不信，农民只能承认是王后的主意。

国王让人把小马驹从赶牛车的农民那里要回来还给了这个农民，回到宫中就问王后："你为什么教唆（suō）那个农民来羞辱我？你不配做我的妻子，回你原来的小农屋去吧。"不过他允许王后带走一样她最心爱、最珍贵的东西。

词语在线

教唆：怂恿、唆使（别人做坏事）。

王后说："好吧，既然你这样认为，我也无话可说，我走就是了。"说着她悄悄吩咐人拿来放有能让人睡眠的药水的酒，当作告别酒端给国王。国王喝了一大口，不久就昏昏沉沉地睡着了。王后让侍（shì）从把国王用一块白净漂亮的麻布包了起来。然后，又让他们把国王抬到马车上，王后驾着马车把国王运回了自己的小屋，并把他放在了床上。

国王睡了整整一天一夜才醒过来，他看了看周围说："天哪，我在哪里呀？"他喊他的侍从，可他们一个也不在。接着，王后走到床前说："亲爱的国王，你说我从宫中离开时可以拿走一样我最心爱、最珍贵的东西，可是我觉得没有任何东西比你更珍贵、更值得我爱了，所以我把你带了回来。"

国王感动得泪流满面，说："亲爱的妻子，你应该属于我，我也应该属于你。"最后，国王把王后又带回了宫中，他们和好如初，过着幸福的生活。

品读赏析

农家女凭借自己的智慧不仅救出了父亲，还成了王后。但是她没有因此而变得高傲，依然保持着自己的本色——淳朴、善良、乐于助人。她先是帮助农民要回了自己的小马驹，又让国王回心转意和自己和好如初，真是一个聪明的人。同学们读完这个故事，一定要明白：凡事要多动脑筋，只要肯学习、肯努力，没有解决不了的问题。

写作积累 XIEZUO JILEI

车辙　教唆　和好如初

·爸爸，咱们有臼却没有杵，必须先找到杵才行，所以您还是先别告诉国王。

·亲爱的国王，你说我从宫中离开时可以拿走一样我最心爱、最珍贵的东西，可是我觉得没有任何东西比你更珍贵、更值得我爱了，所以我把你带了回来。

思考练习

1. 农民为什么被关进了监狱？

2. 农家女是如何应对国王的难题的？

3. 王后是如何让国王回心转意的？

丛林中的守财奴

名师导读

这个故事出自《格林童话》。有一个仆人将自己辛辛苦苦挣来的三枚铜币给了一个小矮人，小矮人答应实现他的三个愿望。仆人许下了哪三个愿望呢？这三个愿望引起了哪些风波？

一个农场主有一个忠诚的仆人，这个仆人辛辛苦苦地给他干了三年的活儿，而他却没有付过仆人工钱，最后仆人打定主意，如果农场主再不付给他工钱，他就不再干下去了。他找到农场主说："我为你勤勤恳恳地做了这么久的事，相信你会根据我的劳动付给我应得的工钱。"吝（lìn）啬（sè）的农场主不得已给了他三枚铜币。可怜的仆人竟以为这是一大笔钱财，自言自语地说："我为什么还要在这儿拼命干活儿，在这么差的地方待下去呢？我有了这笔钱，可以到外面更广阔的世界游玩，去寻找自己的快乐呀！"说完，他把钱放进自己的钱袋里，离开了农庄，开始了他的

词语在线

吝啬：过分爱惜自己的财物，当用不用或当给的舍不得给。

旅程。

一天，他翻过山岭，又唱又跳地走在一片田野上时，遇到了一个小矮人。小矮人问他什么事使得他这么高兴，他回答说："为什么要愁眉苦脸呢？我身体健康，口袋里有我这三年来挣的一大笔工钱，还有什么好担心的呢？"

小矮人说道："那你有多少钱呢？"

仆人回答道："整整三枚铜币。"

小矮人试探道："我太穷了，真希望你能把那些钱给我。"

仆人心地善良，他看到小矮人个子这么矮，又的确像是十分贫困的样子，对他很同情，就把自己的钱都给了他。

作为回报，小矮人对他说："你有一颗善良的心，我将满足你三个愿望——一枚铜币一个，你想要什么都可以提出来，我会满足你。"

名师点评

虽然损失了"一大笔钱财"，但善良的仆人觉得更加快乐了，因为他帮助了他人，而且愿望也得到了满足，这种快乐是什么都换不来的。

仆人很高兴自己交上了好运，说道："我喜欢的东西很多，但并不是钱。第一，我要一张弓，用这张弓，任何被我瞄准的东西都会掉下来；第二，我要一把小提琴，当我演奏时，每个听到琴声的人都会跳起舞来；第三，我希望每个人都会满足我提出的要求。"

小矮人说仆人马上就会得到他想要的东西，说完，就像变戏法似的拿出一副弓箭和一把小提琴给了他，然后就不见了。

诚实的仆人怀着惊奇而又兴奋的心情上路了。要说他刚才是十分快乐的话，那他现在可以说是一百分的快乐了，他比刚才唱得更欢，跳得更起劲了。

不久，他遇见了一个守财奴，在他们相遇的地方有一棵树，树梢的嫩枝上站着一只鸟儿，鸟儿叫得正欢。守财奴说道：“哟！多么漂亮的鸟哇！要是能买到这样一只鸟，花多少钱我也愿意。”

仆人听见后说道：“如果真是这样，我很快就让它掉下来。”说罢，他举起弓，往上瞄准，那鸟儿马上掉下来落进了树下的灌木丛中。

守财奴一见，也不谈钱的事，马上钻进灌木丛中去找鸟儿，但他刚刚钻到里面，仆人就拿起小提琴拉了起来。随着琴声响起，守财奴开始跳起舞来，他在灌木丛中跳来跳去，越跳越起劲，灌木丛中的荆棘很快就钩破了他的衣裳，使他浑身的衣裳都成了破布条，身上也被划得伤痕累累，鲜血淋漓（lí）。

守财奴哭道：“哎哟！大师，大师呀！请别再拉小提琴了，我做了什么要遭受这份罪呀？”

仆人说道：“你吝啬、小气，剥削了许许多多贫穷的人，这是你应得的报应。”说完，他拉起了另一首曲子。守财奴开始哀求他，说只要能让自己停止跳舞、爬出灌木丛，他就给仆人钱，但他却又不肯多给。仆人把琴拉得更响了，守财奴也跳得越来越剧烈。最后他答应把钱袋里的整整一百枚金币都给仆人，这些金币都是他从穷人那儿榨取来的。

名师点评

从这里可以看出，守财奴不仅吝啬，还压榨穷人，他并不是什么好人。

仆人看到这么多钱，说道："我同意你的请求了。"于是，他拿起钱袋，收好小提琴，高高兴兴地又踏上了旅途。

仆人一走，守财奴慢慢地从灌木丛中走了出来，他衣不蔽体，样子十分凄惨。他十分不甘心，开始考虑怎样报复。最后，他跑到法官那里，控告说有一个恶棍强迫他进行交易，骗取了他的钱财，还告诉法官那个恶棍的背后挂着一张弓，脖子上挎着一把小提琴。法官听了，派出巡警到处去找。巡警们不久就抓到了仆人，并把他带到了法庭，要对他进行审判。

守财奴在法庭上说仆人骗取了他的钱财，但仆人争辩说："不是这样的，那些钱是我为你演奏曲子你给我的报酬。"但是法官说这是不可能的事情，驳回了仆人的辩护词，并且判了他绞刑，草草地将这个案子了结了。

仆人被带了出去，当他站在绞刑架上时，他说道："法官大人，请答应我最后一个心愿。"

法官回答说："只要你的要求不是赦免你，我都可以答应。"

"我不是要求你赦免我，只是想请你允许我最后演奏一次小提琴。"

守财奴一听，大叫道："啊，不！不！法官大人，千万不要让他演奏！千万不要让他演奏！"

法官却说道："就让他演奏吧，他很快就会演奏完的。"其实，这是小矮人送给他的第三件礼物——没有人能够拒

名师点评

至此，小矮人送给仆人的三件礼物都起到了作用，推动了故事的发展。

绝他的要求。

这时，守财奴叫道："快把我捆起来，快把我捆起来！我不想再遭受这种痛苦。"但仆人已经拿好了小提琴，奏响了曲子。当琴刚刚发出声音时，法官、书记员、监管人等都随着琴声舞动起身体，此时已没有人能够去捆守财奴了。随后，行刑的人放开仆人，也跳了起来。到他奏完曲子的第一小节，所有的人——法官、法庭理事、守财奴，以及所有旁听的人——都一同跳起舞来。开始他们跳得很愉快、很兴奋，但不一会儿就累坏了。演奏没停下来，他们跳舞也不能停下来。他们开始叫喊，开始乞求仆人不要再拉琴了，但仆人对他们的乞求置若罔（wǎng）闻。一直到法官不仅赦免了他的死罪，而且还答应把那一百枚金币归还给他，他才放下了小提琴。

接着，他对守财奴说："现在，你这个流氓、无赖，告诉大家你在哪儿得来的这些金币。不然的话，我就只拿你一个人来消遣。"说罢，他又把小提琴拿了起来。

守财奴吓坏了，只好当着大家的面承认说："我承认这些金币都是我巧取豪夺得来的，而他的钱财是公平合理挣得的。"仆人放下小提琴，走下了绞刑架，守财奴则被推了上去，取代了仆人的位置。

品读赏析

仆人心地善良，而且非常单纯，虽然农场主只给了他三枚铜币，但他仍然很开心，因为这是他通过自己的劳动得来的。后来，他把自己仅有的三枚铜币都给了小矮人，而小矮人则答应满足他三个愿望。他想要的不是金钱，而是最简单的快乐。只有通过自己的努力得来的东西，才会给自己带来真正的快乐。守财奴虽然有很多钱，但都是靠压榨别人得来的，他体会不到真正的快乐，也受到了应有的惩罚。

写作积累 XIEZUO JILEI

吝啬　鲜血淋漓　置若罔闻　巧取豪夺

·我为什么还要在这儿拼命干活儿，在这么差的地方待下去呢？我有了这笔钱，可以到外面更广阔的世界游玩，去寻找自己的快乐呀！

·要说他刚才是十分快乐的话，那他现在可以说是一百分的快乐了，他比刚才唱得更欢，跳得更起劲了。

·随着琴声响起，守财奴开始跳起舞来，他在灌木丛中跳来跳去，越跳越起劲，灌木丛中的荆棘很快就钩破了他的衣裳，使他浑身的衣裳都成了破布条，身上也被划得伤痕累累，鲜血淋漓。

思考练习

1. 小矮人为什么要满足仆人的愿望?
2. 守财奴为什么要诬陷仆人?
3. 请结合具体事例分析仆人的形象。

不来梅的城市乐手

名师导读

这个故事出自《格林童话》，“不来梅”是德国北部名城。故事讲述了一头年老的驴将要被主人宰杀，它觉得自己不能等死，便踏上了追求梦想的道路。一路上，它结识了很多和它一样正面临着危险的朋友。它们结伴同行，却遇到了一群强盗。它们跟强盗之间发生了怎样的故事呢？

有一个人养了一头驴，那头驴十分勤奋，一直任劳任怨地为主人干活儿。随着时间的流逝，驴一天天衰老，渐渐地也干不了什么活儿了。它的主人心想：反正留着这驴也没什么用了，不如把它宰掉算了。

那头驴知道了主人的想法，准备逃到不来梅城，它觉得自己也许可以成为一个音乐家。

跑了没多久，驴看到一只猎狗趴在路边，看那样子好像很疲惫（bèi）似的。

词语在线

疲惫：非常疲乏。

“哎，朋友，为什么你看起来这么疲惫啊？”驴问道。

听了这个问题，猎狗叹了口气说："我现在只剩一副老骨头了，什么都干不了。主人想打死我，所以我只好逃出来了。我真不知道以后该如何生活！"

驴说："既然这样，我的朋友，我和你说说我的打算吧。我要去不来梅城做音乐家，如果你愿意的话，可以和我一起去。我拉琴，你打鼓。"猎狗听了，很高兴地答应了，于是它们一起踏上了征途。

没走多久，它们又看到一只愁眉苦脸的猫。

驴问道："喂，大胡子先生，你愁眉苦脸的到底是为什么呀？"

"唉，"猫说，"现在我什么用都没有了，只能在房间里睡觉，那可恶的主人居然说要杀死我。我用尽力气逃了出来，但却为我以后的生活担忧不已。"

驴说道："跟我们一起去不来梅城吧，凭借你美妙的歌喉，在那里做个歌唱家也不是不可能的。"

猫高兴地同意了，就和它们一起往前走。

在经过一个农场时，它们看到一只公鸡站在大门上，正扯着嗓子尖叫着。

"请问你这是在干什么呀？"驴好奇地问道。

"我能这样鸣叫的机会不多了，"公鸡说，"因为我的女主人已经决定要把我杀掉用来招待尊贵的客人了。"

"红冠子老兄，如果是这样的话，"驴说，"你就和我们一起去不来梅城吧。不管怎样，去那里总比你在这儿等

名师点评

驴总能第一时间找出对方的优点，给它们指明未来的道路，这是驴乐观、积极心态的体现。

死好多了。你优美的嗓音一定会为我们这支乐队增色不少的。”

公鸡高兴地答应了，它们四个一起快乐地向前走。

去不来梅城并不是一件容易的事，所以它们直到晚上都还没有到达。经过一片树林时，它们决定在那里过夜。驴和猎狗分别躺在了大树的两边，猫爬到树上，公鸡则飞到了树梢上。站在最高处的公鸡习惯性地向四处望了望，发现远处有微弱的灯光。

“亲爱的伙伴们，告诉你们一个好消息，远处有微弱的灯光。我猜想这附近一定有人。”公鸡高兴地喊道。

“是吗？太好了！”驴说，“我们都往前走走吧，在这种地方休息实在是太难受了！”

“我同意，”猎狗接着说，“说不定我们还可以饱餐一顿呢。”

于是，它们在公鸡的指引下朝着那处灯光走去。它们终于到达了那所房子，却发现那里面住着一群强盗。

因为驴个子最高，所以它负责窥（kuī）视里面的情况。

“驴先生，”公鸡迫不及待地问道，“快把你看到的情况都告诉我们。”

“没什么特殊的东西，”驴回答，“就是一群大胡子、大眼睛、红头发的强盗正围着一张桌子，吃着一桌子的山珍海味呢！”

“天哪，我正饿着呢。那一桌子好吃的如果是我们的该有多好哇！”公鸡说。

“不错，”驴说，“我们一定要想办法美餐一顿！”

于是，它们几个冥思苦想，最后在大家的努力下，还真想出了一个办法：驴前腿搭在窗台上，猎狗跳到驴背上，猫爬到狗背上，公鸡飞上去站在猫头上。待大家都准备好之后，它们奏起了音乐。

“咴——咴——”“汪——汪——”“喵——喵——”，最后再加进公鸡清脆的鸣叫声。它们一边喊着，一边还用力地敲窗户。强盗们都以为遇到怪物了，一个个吓得屁滚尿流。

词语在线

屁滚尿流：形容非常惊恐或十分狼狈的样子。

达到目的后，四个伙伴坐下来，共同享用满桌子的美食。等把桌子上的东西吃得差不多了，它们熄了灯，按照各自喜欢的方式进入了梦乡。

半夜的时候，那些强盗商量着：“其实我们不应该这么胆小的，也许刚才什么事都没有呢。”于是他们决定派一个强盗回去看看到底是怎么回事。

那个接受任务的强盗回到房子后，准备去点灯。

他看见黑暗中有闪闪发光的东西，以为是燃烧着的火炭，于是就拿着硫黄火柴凑过去想引燃。没想到刚一接触到，那个东西就飞奔起来，对着他又抓又咬的，把他吓了一跳。其实这闪闪发光的东西不是别的，正是猫的眼睛。急于往外逃的强盗朝后门飞奔，结果正好踩到熟睡的猎狗，猎狗扑上去，咬住他的腿。他强忍着疼痛跑到了院子里，却被躺在草堆里的驴狠狠地踢了一脚。公鸡被吵醒了，不知道发生了什么事，就在房梁上叫道："喔喔喔——喔喔喔——"

那个被吓得魂不守舍的强盗回到森林后，对强盗头子说："天哪，吓死我了。我差一点儿就回不来了。你看到我的脸了吗？这就是被那个老巫婆又长又凶残的爪子给抓破的；我刚一逃出来，门口的那个男人就用刀狠狠地砍我；院子里那个黑黑的东西还把我好一顿毒打；房梁上还坐着个大法官，大叫着'快把这个强盗带过来'。吓死我了，幸亏我跑得快，否则我就逃不出来了。"

其余的强盗听后，都吓得脸色苍白，从此谁也不敢再去那个曾经居住过的房子了。而那几个伙伴，则快乐地在那里生活着。

品读赏析

故事中的四个伙伴虽然晚年境遇凄凉，但是依然对生活充满了憧憬。它们没有当成不来梅城的城市乐手，但成功获得了理想的住处。故事向我们传达了这样一个道理：没有人一无是处，只要我们善于利用自己的长处，懂得与别人合作，就能够改变自己的生活。

写作积累 XIEZUO JILEI

任劳任怨　疲惫　窥视　屁滚尿流　魂不守舍

·那头驴知道了主人的想法，准备逃到不来梅城，它觉得自己也许可以成为一个音乐家。

·驴说道："跟我们一起去不来梅城吧，凭借你美妙的歌喉，在那里做个歌唱家也不是不可能的。"

·其余的强盗听后，都吓得脸色苍白，从此谁也不敢再去那个曾经居住过的房子了。而那几个伙伴，则快乐地在那里生活着。

思考练习

1. 驴为什么想成为不来梅城的城市乐手？
2. 四个伙伴是如何吓走强盗的？
3. 你从这个故事中学到了哪些东西？

列那和小动物们

名师导读

狐狸的主要食物就是兔子、鼠类、鸟类等。列那作为一只狡猾无比的狐狸，捕食小动物时也会使用各种诡计。野兔科阿尔是如何侥幸逃脱列那的魔掌的？爱多管闲事的乌鸦黑尔蒙和麻雀杜兰阿尔的儿子是如何成为列那的美餐的？

一天，列那独自漫步时遇到了野兔科阿尔。一看到列那，科阿尔转身就要逃跑。列那费了很大的力气，才使它停下了脚步。

科阿尔胆子很小，害怕任何动物。列那对全身发抖的科阿尔说道：“唉，我的朋友，你怎么可以一直这样下去呢？以你现在的年纪，本该当大官了。而且你的好多朋友都在宫里，干吗不找它们帮忙，让它们向国王举荐你，去做宫廷歌手呢？”

科阿尔结结巴巴地说：“不，它们……没有不帮……帮

> **名师点评** 这里运用了语言描写。通过科阿尔的结结巴巴，写出了它面对列那时极度恐惧的心理。

听到声音后跑了过来，想看看到底发生了什么事。如果不是它恰巧赶来，科阿尔早就死掉了。看到邦赛，列那只好放开了到手的食物。得以逃脱的科阿尔已经完全忘记了要学唱歌，头也不回地跑开了。

被搅了好事的列那很不高兴，就和海狸邦赛较量起来。它们两个你一下我一下，拼命厮（sī）打着。

列那明白自己打不赢邦赛，也看得出邦赛没有对自己下重手，所以列那故意让邦赛把自己摔倒。邦赛摔倒了列那，就放开它，去找野兔科阿尔了。列那看到邦赛走了，仔细地观察了一下周围，确定安全后，才小心地跑到鼹（yǎn）鼠古尔特夫人那里去处理伤口。

列那饮用了一小杯古尔特夫人自己配制的药酒，体力恢复之后，就从古尔特夫人家走了出来，继续漫步。

走着走着，列那一抬头，看到两只乌鸦在前面又低又慢地飞着。列那一眼就认出那是最爱多管闲事的黑尔蒙和它的丈夫特洛莱。列那立刻想道：虽然没有逮到科阿尔，但是这顿丰盛的晚餐有着落了。怎样才能把两只乌鸦都弄到手呢？

它踱（duó）着小步，边走边想，想出了一个办法。它迅速绕路跑到两只乌鸦前面，倒在树荫下的一块草地上，四肢摊开，舌头伸在外面。装死是列那的拿手好戏，用来骗人屡试不爽，它相信这次肯定也能成功。

黑尔蒙一眼就看到了列那，马上告诉丈夫特洛莱：“看

词语在线

屡试不爽：屡次试验都没有差错。

哪，树荫下面躺着的不是那个臭名昭著的列那吗？它好像断气了。我们快去看看吧！”

特洛莱没有那么强烈的好奇心，说：“昨天我还看见它活得好好的，今天怎么会死了呢？你还是别多管闲事了。”

黑尔蒙说：“你自己看它那副模样，据我估计是中暑死的。”

特洛莱还是不相信，说：“难道不能是在睡觉吗？”

“不可能，睡觉和死去的样子是有区别的。特洛莱，相信我吧，我们应当过去看看。”

“小心啊，”特洛莱提醒说，“列那一向诡计多端。”

黑尔蒙冷笑着说：“哈哈，它难道还能骗得了我？我倒要看看这个总拿别人当傻瓜的坏蛋死去的那副惨样。”

特洛莱依然鼓不起勇气上前，但是也不再阻止妻子，而是继续在空中低低地盘旋着。黑尔蒙则扇动翅膀，一下子飞到了列那身边。狡猾的列那立刻屏住了呼吸，粗心的黑尔蒙更加相信它已经死了，于是把头伸到狐狸张开的嘴巴旁，想确认一下它是否完全死了。

列那不再犹豫，闪电般地跳起来咬住了它。可怜的黑尔蒙瞬间丢了性命。特洛莱拍打着翅膀，大哭起来，在空中盘旋着，哀悼它的妻子。列那毫无怜悯，讥讽地说：“可怜的特洛莱，你应当感谢我，你刚才还在责备它多管闲事，现在我成功地把它的毛病纠正过来啦。我要把它的尸体带走，去举行一个隆重的‘葬礼’，这个‘葬礼’是我夫人与孩

名师点评

列那的话体现出它对弱小动物的鄙视和讥讽。

子们最乐意参加的。”

列那说的‘葬礼’是什么呢？烹饪高手海梅林太太和小狐狸们正在生火烧水，只等着列那回家将这只乌鸦下锅呢。

又过了一段时间，列那出来寻找食物。来到了城堡的西边，列那看到了一片果园。在那棵粗壮的樱桃树上，一颗颗红彤彤的樱桃像珍珠一样圆润可爱。但列那对果子兴趣不大，它最爱吃的是肉。它一抬头，发现“肉”正站在樱桃树的树枝上。

原来，麻雀杜兰阿尔正站在那里，它的家就在果园东面的桦树林中。杜兰阿尔有一个幸福的家庭，它的妻子非常漂亮，它们还有一群可爱的孩子。正因为家庭幸福，杜兰阿尔看待这个世界总是充满了温情和满足。现在，它正帮家人摘樱桃呢。一想到孩子们吃着鲜美的樱桃的开心样儿，它就不禁露出幸福的微笑。尤其是这些美味的樱桃很可能让它生病的小儿子好起来。想到这里，它干得更卖力了。

列那看到杜兰阿尔后口水都快流下来了。但是，这只该死的麻雀站在高高的树枝上，列那又不会爬树，根本抓不到它。想到这里，列那决定先找麻雀套套话，看能不能找到什么机会。

于是，它满脸堆笑地抬头看着杜兰阿尔，用甜得发腻的声音问道：“你好啊，杜兰阿尔。今年的樱桃如何呀？”

杜兰阿尔很有礼貌地说：“原来是列那男爵。今年的樱桃真是好吃极了，我还从来没有吃过这么美味的樱桃呢。

名师点评

杜兰阿尔对列那极为尊敬，更衬托出列那的残忍。

您想尝一下吗？”

列那假装客气地说：“你自己抓紧时间吃个痛快之后再说吧。”

“哦，您不说我还没注意到呢，我真的吃得太多了。”杜兰阿尔拍拍肚皮说，“没办法，谁让这些樱桃如此新鲜，如此诱人，让我完全不想停下来。给您这几颗，请尝尝味道吧！”

说着，杜兰阿尔挑选了几颗大樱桃，大大方方地扔给了列那。列那马上吃了起来，但是它很快发现，狐狸真的不适合吃樱桃。杜兰阿尔口中的美味，它吃起来却又涩又酸，只吃了两颗就完全吃不下去了。

列那停下来，假意地对杜兰阿尔说：“多谢，多谢，杜兰阿尔，你真够朋友，这些樱桃真是美味无比。”

杜兰阿尔高兴地回答说：“很高兴得到您的赞赏。连男爵大人都说好，说明这些樱桃的确不错。”

列那说：“哪里，哪里，你什么时候需要我帮忙，我也会很乐意为你效劳的。”

杜兰阿尔说：“像您这种身份的大人，帮助我们这种小小的两腿飞禽未免自降身价。但是我听说您足智多谋，还真想向您请教一件事。”

“你问吧，无论什么问题我都会知无不言，言无不尽的。”

“是关于我的孩子的。我最小的那个美丽的小宝贝生了病，有人说是痉（jìng）挛（luán）症。我束手无策，不知

词语在线

束手无策：形容一点儿办法也没有。

怎么治好它。”

列那马上说：“这样的小毛病，真的太好治了。我曾经在东方游历，有位王子就犯了同样的病，我轻而易举就治好了他。国王还送给我一顶珍珠做的王冠，有时间你可以到我家去看看，非常漂亮。所以我想，我能够而且也很愿意为你的孩子效劳。”

“列那大人，那我真是太幸运了，”杜兰阿尔诚心诚意地说，“我这就去抱孩子来请您诊治。”

天真的杜兰阿尔飞回了自己的家，把樱桃分给孩子们，并说要带小儿子去看医生。妻子问：“我们找了很多医生都没法治好，你这次请了哪位医生？”

杜兰阿尔说：“是尊贵的列那男爵，它说它曾经为一位王子治好过同样的病。”

妻子说：“你疯了，列那是有名的屠夫，你怎么可以将孩子带到它的身边，那太危险了。”

杜兰阿尔不高兴地说：“那就眼睁睁地看着小宝贝死去吗？我们要抓住任何一个机会给它医治。况且，我看列那男爵一副和颜悦色的样子，说它是屠夫的传言未必可以当真。”

妻子还是半信半疑。杜兰阿尔已经抱起孩子飞出了家门，很快来到樱桃树上。

列那正在树下焦急地等待着，看到杜兰阿尔抱着小麻雀过来了，连忙说：“快把病人放在树干旁，我马上开始治疗。”

杜兰阿尔遵照列那的吩咐把小儿子放在树干旁，自己紧紧地守在儿子身边。

列那说："我马上要给病人做手术，你作为家长必须远离病人，否则看到病人痛苦的样子，你会受不了的。"

> 名师点评
> 列那支开杜兰阿尔的说辞顺理成章，让人对它的狡猾有了更深入的了解。

杜兰阿尔无奈，就飞到了远一点儿的树枝上。

等了一会儿，还不见列那招呼它，杜兰阿尔渐渐觉得有点儿不对劲，于是赶紧飞了过去。哪里还有小麻雀的影子！杜兰阿尔焦急地问："男爵大人，我的孩子到哪儿去了？"

列那冷笑着，并舔舔自己的嘴唇说："它到一个再也不会生病的地方去了，从此不必遭受痉挛的痛苦了！"

杜兰阿尔这才恍然大悟，大哭大喊起来："你把它吃掉了！"

列那说："你不要乱说，我把它治好后它自己飞走了。"

"你胡说，它的翅膀根本还没长出来，怎么飞得起来？"杜兰阿尔眼泪止不住地流。

列那说："如果你不相信的话，你下来，我带你去找它。"

"吃了我的儿子不算，你还想吃我？我要飞下来啄掉你的狐狸眼睛。"

"好哇，勇敢的杜兰阿尔，你快下来吧。我也能够同样治好你所有的病。"

可怜的杜兰阿尔绝望地大哭起来。它后悔至极，拼命地拔着自己的羽毛。列那发现自己吃不到这只傻麻雀了，就冷冷地走开了。

品读赏析

列那面对比自己强大的对手时，像一位聪慧而又无畏的斗士；而面对弱小的动物，又变成奸诈而冷酷的刽子手。这种形象，正是中世纪市民阶级的象征。对于这个复杂的角色，我们要学习它的机智，也要摒弃它的自私、残忍。

写作积累 XIEZUO JILEI

惊慌失措　可怜巴巴　屡试不爽　诡计多端　盘旋　束手无策　和颜悦色　恍然大悟

· 装死是列那的拿手好戏，用来骗人屡试不爽，它相信这次肯定也能成功。

· 可怜的特洛莱，你应当感谢我，你刚才还在责备它多管闲事，现在我成功地把它的毛病纠正过来啦。我要把它的尸体带走，去举行一个隆重的‘葬礼’，这个‘葬礼’是我夫人与孩子们最乐意参加的。

· 在那棵粗壮的樱桃树上，一颗颗红彤彤的樱桃像珍珠一样圆润可爱。

· 可怜的杜兰阿尔绝望地大哭起来。它后悔至极，拼命地拔着自己的羽毛。列那发现自己吃不到这只傻麻雀了，就冷冷地走开了。

思考练习

1. 列那是如何骗到科阿尔的?
2. 黑尔蒙和杜兰阿尔儿子的悲剧带给你哪些启示?
3. 这几个故事体现了列那怎样的性格特点?

奇怪的梦

名师导读

在一个花园内，大公鸡向特格雷带领着一群母鸡和小鸡。列那对这个家族垂涎三尺，处心积虑地想吃掉它们。列那会用怎样的诡计来哄骗向特格雷，并袭击这个家族呢？

这一天，天气不错，景色也很美。列那高兴地在树林中的小路上跑着。为了收获更多，它决定去远一点儿的地方。

列那无意中来到了一个陌生却很美丽的地方。它抬眼看去，到处一片青翠，还有清澈的溪水在树丛之中弯弯曲曲地流淌，浇灌着肥沃的田地。

有一排木栅栏围着花园中的一小块地。无论谁看了那个花园都会觉得心里很舒服——树上挂满了果子，家禽在花园中跑来跑去。一瞧见这样的美味，列那就不由得垂涎欲滴。它走进这个花园，之后就躺在木栅栏旁边打起坏主意来。

词语在线

垂涎欲滴：①形容非常贪馋想吃的样子。②比喻看到好的东西，十分羡慕，极想得到(含贬义)。

列那身旁有几只母鸡在吃东西。一只母鸡叫潘特。它在族群中有一定的地位，并且很受主人的宠爱，因为它下的蛋又大又圆。除了这一点，还因为潘特能破解梦境。

列那走近这群母鸡时，弄出了声音。这群母鸡受到惊吓，马上叫喊起来。

听到母鸡的叫喊，这群鸡中最帅气的大公鸡——向特格雷快速地赶了过来。

“怎么了？有什么事情吗？”公鸡问。

“有怪异的声音传了过来。”潘特说，“我还感觉到有一双凶狠的眼睛在栅栏外面窥探着我们。我很确定，向特格雷，此时的我们正处在危险之中。”

这群母鸡继续慌乱地叫唤着。向特格雷花了好大的力气才把它们安抚好。

“崭新的栅栏是很牢固的。”它说，“不会有什么事情发生的，你们都不要害怕。”

“不过潘特，我正好有个问题想问你。”公鸡接着说，“刚才你们大喊大叫的时候，我在旁边的屋顶上打了个盹儿，还做了个噩（è）梦。你帮我解一下梦好吗？”

“好的。”潘特说。

“梦境是这样的。”向特格雷说，“那个时候我仿佛是在啄食新谷子，谁知道有一个怪异的动物朝我走过来。这个动物有一件红色的皮袄，并且一定要把它的皮袄送给我，不管我怎么拒绝都没用。这皮袄我穿着并不舒服，况且我长着羽毛，对皮毛类的衣服过敏。但这个陌生的家伙非要我穿它的红皮袄。”

词语在线

过敏：①机体对某些药物或外界刺激的感受性不正常地增高的现象。②过于敏感。

向特格雷停了一下，抖了抖自己漂亮的双翅，好像此时那怪异的衣服就穿在它身上，之后接着说："那衣服穿起来也很怪异！我用尽全力将自己的头套在那个尖尖硬硬、有着白色围边的口子里，可一套进去，我就非常难受。我之前没有穿过这样紧的衣服，紧得让人受不了。所以，刚才你们就算不叫，我也会被这皮袄给弄醒的。这奇怪的梦使我安静不下来。潘特，这是怎么回事呢？"

"难怪你如此激动。"潘特一边点头一边说着，"看来真的是噩梦。希望这只是虚惊一场。我看那个强迫你穿皮袄的家伙应该是野兽。它大概先是弄断你的脖子，之后再将你吃到肚子里。而那白的、硬的围边大概是野兽的牙齿，你之所以不舒服是因为它用牙齿咬着你。向特格雷，这太可怕了，我们都要提高警惕！就算你不认为有敌人在栅栏那儿，我还是想告诉你，我确信自己看到了它的双眼，咱们都应该回到鸡舍。无论你相不相信，我都很担忧你不到中午就会被迫穿上那件皮袄。"

"潘特，你应该是疯了。"向特格雷一点儿也不在意地耸了耸肩说，"我们生活的地方向来都是安全的。但我会记住你说的这些话，不去大路那边，大概就遇不到那让人害怕的野兽了。谢谢你，潘特，我的美人，你这些解梦的话使我受益良多。"

名师点评

向特格雷刚愎自用，不肯听取别人的意见，这是它悲剧命运的重要根源。

然后，向特格雷走开了，去了附近的一处厩肥上休息。向特格雷认为这里没什么危险，可潘特它们这群母鸡都认为回到鸡舍才是最安全的。它们依旧叫着，找着食物，同时警惕地扫视着四周。不一会儿，母鸡们就都回鸡舍中去了，只剩下一些公鸡在外面休息。

列那藏在栅栏的一边，刚才那些对话它听得十分清楚。它认为那些话很有意思，一想起公鸡向特格雷讲述的穿皮袄的故事，列那的口水就不由自主地流了下来。

栅栏并不高，列那从栅栏上向下看去，清楚地瞅到了有着一身漂亮羽毛的向特格雷。列那暗想："我要先跳过去，快速地把公鸡降伏，之后就像它描述的梦中的情景那样吃了它。"

列那目测了一下距离，测好之后后退了几步，然后猛地跳到了半空，之后就"扑通"一下掉在了向特格雷的旁边。向特格雷立刻被吵醒了，它跳着大叫起来。

列那开始用它的花言巧语行骗："我亲爱的表弟呀，没想到我们在这儿遇到了，我真高兴！"

列那这几句动听的假话把向特格雷给骗住了。看得出来，这只公鸡一点儿都没起疑心，更没想到站在它面前的这个家伙就是刚才梦境中那只有着红皮袄的怪兽。

"你这模样真漂亮，"列那一本正经地说，"甚至超过了你的父亲。你的父亲曾经是鸡族中的明星，你的歌声也很动人吧？"

词语在线

一本正经：形容很规矩，很庄重。

向特格雷清了清嗓子，想高歌一曲，以便让它瞧瞧自己有多优秀。它放开喉咙唱出一些较高的音调，列那也一直点头表示赞赏。

“是的，是的，这个样子很棒！”它说，“可你要不要学你父亲闭着双眼唱歌？它闭上双眼时唱的歌是世界上最好听的。这一点很神奇吧？可它的确就是依靠这一点技压群雄的。你可以吗？”

这只公鸡被列那的话骗得团团转。

名师点评

向特格雷的遭遇告诉我们，一定不能被别人的花言巧语所迷惑。

接着，它把眼睛闭起来，唱着自以为动人的歌曲，而列那则抓住机会扑倒向特格雷并抓住了它。

不远处的潘特看到了这一场景。它开始大声喊叫，把仆人都喊了过来，主人也赶过来了。狐狸把主人最漂亮的公鸡抓走了，大意的仆人肯定会因此被主人责罚，但仆人也没有别的办法，只好大声喊着救命。

好多人应声而来，可没有谁追得上叼着向特格雷逃跑的列那。列那急忙向树林那边跑去。

向特格雷很难过，它认为自己肯定要死了。可它依旧勇敢地对列那说：“他们要赶过来了，你难道不驳斥他们、嘲讽他们一下吗？喂，潘特，同情心满满的潘特，这回你要笑话我了吧？你看我无论如何都会穿上那件皮袄了，无论如何，无论如何！”

列那每走一步，向特格雷都会用同样的口气说着“无论如何，无论如何”。因此，列那不由得得意起来，它说：“无论如何，是的，无论如何这件皮袄你都得穿上了。”

列那想要显示自己的聪明才智，嘴角不由得有些上扬。

而向特格雷抓住时机逃离了列那的嘴巴，只留下一些鸡毛在列那的嘴角上。

向特格雷赶紧飞向旁边的树枝，抖动了一下自己的双翅，大声叫着："表哥呀，你的皮袄围边有些太硬了，我再也不想和你有什么亲戚关系。而且，我以后不会再唱歌了，就是休息时也会睁着一只眼睛！"

"那我，"列那怒喊着，"我下定决心，从今以后闭上嘴巴说话！"

牧场的猎狗跑在最前面，看起来就要追上列那了。列那并不想将自己的皮袄送给猎狗，所以很快就跑远了。

公鸡居然从狐狸列那那里逃脱了，这在列那看来，是一种耻辱。因为事发突然，那一天列那没能把可口的食物带回家给自己的家人品尝，这让它懊悔万分。

名师点评 这里体现出列那对家人的爱护，可见它也有温情的一面。

列那左思右想，认为自己不应该放弃进攻这个食物如此多的花园。它认为自己应该珍惜这些美味，应该同花园的主人一起分享它们。

除此之外，列那还有一个特殊的理由——找向特格雷复仇。因为列那觉得向特格雷在自己的手中逃脱，对自己来说是一件可耻的事情。它决定报仇雪恨，因此必须再去那里一回。可列那又想到，如果花园里爱嚼（jiáo）舌头的母鸡们四处说它的事情，那自己可就没脸见人了。考虑到这一点，它又有点儿犹豫了。

左思右想，列那最终还是决定到花园去。如果计划得逞，它不仅能一雪前耻，还可以享用到美味的食物，真是两全其美。

这天早上，列那在向特格雷和潘特住的那个花园旁徘徊，想着如何才能获得食物。

走到花园的一边，列那发现了正在舒服地晒太阳的向特格雷，而且它还在唱着什么。

看到列那，它马上停止歌唱，并用力跳起来，要找一个没有危险的地方藏起来。这会儿，列那又开始使用它那温柔的招数，对公鸡说动听的话。向特格雷禁不住诱惑，就停下了脚步。

“我的表弟，你为什么要跑呢？”列那说，“你不信我的话吗？咱们是一家人哪！你还因为那天的玩闹而介意吗？我想我父亲的话是对的，这个世界上没有谁能明白幽默，大家一向把简单的玩笑看成带有敌意的欺骗。要知道，那天一看到你漂亮的身影，一听到你动听的声音，我就很想把你带给我的妻子海梅林认识。大概由于我太着急了，因此对你发出邀约的行为有些野蛮了。我原本计划领你去我家并热情地招待你，可你却回绝了我真心的邀请。唉，向特格雷，我要怎么做你才能相信呢？”

向特格雷还有些怀疑，不确定是否应该相信它，就说：“你用那种邀约的方法，换成谁都要误会的。更何况，我那个时候做了一个噩梦，这个梦以及潘特对梦的解析都使我对你有了更大的误解。”

词语在线

解析：讲解分析。

“这样吧，”列那说，“过去的事情就让它过去吧。如今咱们要和谐相处，不能再互相伤害了。况且狮子国王早已发布过命令，禁止再生战乱了。以后，咱们都要遵从国王的命令，相亲相爱，真正像一家人一样。向特格雷，这次你不要再怀疑我了，即使我从前有过过错，可我早就忏悔了。我一直盼望世界和平，因此决心从今以后不再吃肉。今后的日子，我都会在斋（zhāi）戒中度过。”

“真的？”向特格雷高兴地喊道，“真要有了这命令，从今往后，我们就能随意出入农场了，再也不必藏在如同监牢一样的园子里了。”

列那微笑着说：“当然是真的了。”

说着，它拿出一份自己写的“法令”，上面还伪造了狮王的爪印。让向特格雷看了一眼后，它迅速收了起来，说：“我是一名男爵，国王的法令当然先传到我这里，很快就会在全国颁行了。”

“啊，我的表兄，这真是太好了！”向特格雷喊起来，“潘特！斯波特！柯珀（pò）……”

名师点评

头脑简单的向特格雷，自己轻信天敌之余还要将族人全都牵连进来，令人叹惜。

向特格雷把农场里的家禽全部叫过来，它想向所有伙伴讲述刚才从列那口中听到的这个和平法令以及列那所说的改过自新的事情。

这个时候，列那面带和蔼的微笑，越走越远。

向特格雷想到自己以前责怪过列那这样好心的狐狸，心中十分愧疚。

一直小心翼翼的潘特问：“向特格雷，我们能信它的话吗？”

向特格雷耸着双肩，很确定地说：“狮子国王早已发布了要求和平的法令，况且列那立下誓言，说要改正自己的过错。所以，我们是自由的！我们这就到外面去，去草地上享用美食吧。都出来吧，出来吧，我们一起去！”

向特格雷轻轻一跳，就从园子里跳了出去。然后，所有的家禽都跳了出来。

潘特和它的大妹妹斯波特、小妹妹柯珀走在最后面。向特格雷的十四个孩子——那些刚刚出生的又年轻又健壮的小公鸡和娇羞的小母鸡，都欢喜地喊着、蹦着、跳跃着从园子里走了出来，要去瞧瞧外面的世界到底是怎样的。

词语在线

娇羞：形容少女害羞的样子。

列那并没有走远，它就在树后面藏着，观察着玩耍的鸡群。

一只小母鸡走到了列那藏身的那棵树旁，结果它连喊出来的时间都没有，就被列那吃到肚子里去了。

向特格雷的另一个孩子也遭遇了同样的事情，然后是第三个、第四个……它们一个接一个地被列那吃掉了。

向特格雷和潘特觉察到了什么。向特格雷叫了几声，但没有召集到全部的人员。它马上又发出紧急的信号召集大家，这下大家才留意到队伍里好像少了几只鸡。

列那正沉浸在美食中，已经不能控制自己了。它觉得自己是如此的机智，真为自己感到骄傲。过了一会儿，列那看准机会起身一跳，闯进了被吓坏了的鸡群中。一转眼，漂亮的草地成了屠宰场。

鸡群凄惨的叫声被农场的人听到了。他们赶紧跑过来，看到此种状况后，马上放猎狗去追赶列那。

趁猎狗还没有赶过来，列那又咬住了它旁边的柯珀，想把它当作今天最后的美食。

考虑到安全问题，列那只吃掉了柯珀的一只翅膀。毕竟它已经吃了好几只鸡了，它担心吃太多会难以逃脱猎狗的追赶。

列那沿着岔（chà）道跑到一所学院门前，它认得这里的院长。它瞧见学院的大门开着，就迅速跑了进去。不一会儿，学院的大门被看门的人关上了，列那又成功逃脱了。

品读赏析

愚蠢的向特格雷不听潘特的建议，屡次上了狡猾的列那的当，最终让自己的族人惨遭毒手。我们要引以为戒，不轻信别人的甜言蜜语，遇事多与身边的人商量，不能一意孤行。

写作积累 XIEZUO JILEI

垂涎欲滴　噩梦　一本正经　解析　斋戒　娇羞

·它抬眼看去，到处一片青翠，还有清澈的溪水在树丛之中弯弯曲曲地流淌，浇灌着肥沃的田地。

·看得出来，这只公鸡一点儿都没起疑心，更没想到站在它面前的这个家伙就是刚才梦境中那只有着红皮袄的怪兽。

·我想我父亲的话是对的，这个世界上没有谁能明白幽默，大家一向把简单的玩笑看成带有敌意的欺骗。

·向特格雷的十四个孩子——那些刚刚出生的又年轻又健壮的小公鸡和娇羞的小母鸡，都欢喜地喊着、蹦着、跳跃着从园子里走了出来，要去瞧瞧外面的世界到底是怎样的。

思考练习

1. 列那是如何赢得向特格雷的信任的？
2. 向特格雷被列那抓了一次，为什么还会相信它？
3. 这个故事带给你哪些启示？

匈牙利

参天树

名师导读

这是流传于中欧国家匈牙利的一个民间故事，由匈牙利作家伊列什·贝拉整理，选用时有改动。从前，国王城堡前长出了一棵很高的苹果树，国王宣称谁能帮他从这棵书上摘来一颗苹果，谁就能得到公主和半个王国。一位小猪倌自告奋勇要去摘苹果，他能成功吗？

从前，有一个王国的国王住在一座豪华的城堡内。城堡中还住着一位帮国王放猪的小猪倌，他的名字叫亚诺什。一天早上，城堡前突然长出一棵高大的苹果树，国王和小猪倌同时发现了这棵树。这棵参天大树神奇极了：早上开花，中午结果，晚上果子就成熟了。但是，也不知道究竟是怎么回事，往往天不亮苹果就被摘走了。

国王向所有大臣和百姓宣布："谁能替我摘下这棵树上的一颗苹果，我就把公主许配给他，并分给他半个王国。我去世后，整个王国就都是他的了。"原来，国王七年前得了一种怪病，有个老妇人曾预言：只有吃下长在他窗前的苹果树上的苹果，他的病才能痊愈，否则永远无法摆脱怪病。

不计其数的人前来挑战，有穷人也有富人，还包括男爵和伯爵。但是，他们无一例外全都失败了。这时，亚诺什找到国王，说："尊敬的国王陛下，我冒昧地请求您让我爬上那棵树，我肯定会帮您摘来苹果的。"

"算了吧，你这个拖着鼻涕的小鬼能做什么？"国王笑着说，"那么多有爵位的贵族都铩（shā）羽而归了，你怎么可能成功呢？你还是回去照顾猪群比较好！"

词语在线

铩羽而归：指失败或不得志而归。铩羽，羽毛摧落，比喻失败或不得志。

但是，倔强的小猪倌才不会因为国王的几句讽刺就放弃呢。于是他天天缠着国王，国王不耐烦，最终同意了他的请求。国王对亚诺什说："哎，小伙子，既然你执意要去，那就告诉我需要给你准备些什么吧。只要你开口，我都会给你准备好。"

亚诺什想了一下，回答说："我要的东西很简单，首先请陛下给我三块大一点儿的铁片，我要把它们嵌（qiàn）在树干上当作阶梯往上爬。然后请您给我准备三双铁鞋和能够吃一个星期的干粮。"

这些东西很容易就准备妥当了，亚诺什还把一把短柄小斧子别在了腰间。当天亚诺什就开始往上爬，很快就爬了很高，树下的人完全看不到他的身影了。

爬到第三天，亚诺什发现脚上的铁鞋已经破了洞，他的脚被铁片划伤了。于是，他换上另一双鞋，把坏掉的鞋扔

到了树下，说："回到你的主人身边去吧！"

铁鞋落到地面，很快被人送到了国王面前，国王说："太好了，那个小伙子还活着，可是他的一双铁鞋已经磨出洞了。"

第七天的时候，亚诺什已经快要爬到树冠了，而第三双鞋子也被他磨破了。这时，亚诺什惊奇地发现，树上还住着人，那是苹果树的主人——一位可爱的姑娘。姑娘摘了很多苹果，用自己的围裙兜起来带走了。

亚诺什继续向上爬，当爬到第七根树杈时，他看到了一架盘旋上升的梯子。他觉得很走运，因为用梯子爬比踩着铁片容易多了。他自言自语道："我可不能忘了国王给予的帮助，把剩下这两双铁鞋扔下去吧，好让他知道我还活着。还有，这把短柄小斧子也扔下去吧，看起来根本用不着它。"

名师点评

这里运用了夸张的修辞手法，再次体现出苹果树惊人的高度。

由于他爬得太高了，所以当小斧子和铁鞋落到地上时，斧柄都朽了，两双磨出洞的铁鞋也生锈了。因此，守在树下的人一开始根本没有看出这些是什么东西。但是，他们仔细辨认之后立刻认出来了，因此马上去禀报了国王。他们的职责就是在树下关注小猪倌的动静，无论树上落下什么东西，都必须马上禀报国王。

很快，亚诺什就不再考虑国王的事了，因为他竟然在树上发现了一座巨大的城堡。城堡里有一长排房间，他在第十一个房间里见到了一位姑娘。从出生到现在，他还从来没有见到过这样美丽的姑娘。国王的女儿是王国里最美丽的姑娘，但是跟眼前这位姑娘比起来，不过是一朵羞怯的紫罗兰罢了。

亚诺什主动开口了：“你好，仁慈而又美丽的小姐啊！我不知道你是公主还是别的什么贵族，所以只好暂且如此称呼你。”

姑娘回答说：“我的确是一位公主，名叫埃蒂尔卡。不幸的是，我的父母都去世了，现在我不过是一个孤儿罢了。告诉我，你是如何来到这里的？你来干什么？要知道，就连鸟儿都不敢来这个地方。”

亚诺什说：“尊敬的公主殿下，我想在这里找些事做。”

“那太好了，我一个人在这里非常孤单，正好需要一个好仆人。你想在这里待多久都行，你要多少工钱我都会付给你。条件只有一个：你永远不许踏进第十二个房间。”

名师点评

第十二个房间有什么特殊之处？公主的话制造了一个巨大的悬念，吸引着读者继续读下去。

亚诺什满口答应了，宣誓会忠诚地为她服务。很快，他就开始在城堡里干活儿了，公主常常邀请他一起进餐。渐渐地，他们相爱了，还订了婚。

一天，公主对亚诺什说：“我要去教堂，我把前十一个房间的钥匙都给你，你把它们打扫干净后就准备午饭吧。我已经把菜洗好、切好了，你只需煮熟就行了。但是，你绝对不能去找第十二个房间的钥匙。”

长期以来，他们都是这样度过每一天的，亚诺什一直踏踏实实地干活儿，从来没想过第十二个房间的事。但是，这一天他突然产生了强烈的好奇，想知道第十二个房间里到底有什么。于是，公主刚走，他就到处找第十二个房间的钥匙。

他找了半天却一无所获，最后在走廊的角落里发现了一把破扫帚。他觉得应该将它扔掉换一把新的，于是拿起破扫帚扔了出去。突然，第十二个房间的门竟然打开了，他刚走进去，房门随即关上了。

亚诺什仔细打量着房间里的一切，发现一条长着七个头的巨龙被钉在墙上。巨龙的两条后腿上吊着两个铁球，每个重达五万公斤；它的两只巨大的翅膀被两根大钉子钉得结结实实的；龙须被两块巨大的磨石牢牢夹住了。

巨龙看到亚诺什，中间的那个头开口说道：“孩子，你来得正好呀，我就快渴死了。请你去帮我提一桶水吧，作为回报，我会送给你一个王国。如果你不同意，我冲你吐一口气，你就会被憋（biē）死的。你不用走出去，看，墙角就有三桶清水，你把半桶倒进我左边的第一张嘴里，把另外半桶倒进我右边的第一张嘴里。你看到了，我有七个头，也有七张嘴。”

亚诺什照做了。

“谢谢你，孩子，”巨龙说，“你已经得到一个王国了。现在你将另一桶水中的半桶倒进我左边的第二张嘴里，另外半桶倒进我右边的第二张嘴里。做好后，我就送给你第二个王国。”

名师点评

巨龙随口许给亚诺什两个王国，更让读者感觉到它的不同寻常。

亚诺什也照做了。巨龙的龙须从磨石中挣脱了出来，后腿上的两个铁球也脱落了。

“非常好！”巨龙说，“现在你提第三桶水来换第三个王国吧。你要把水倒进我正说话这张嘴的左右两边。”

亚诺什依然照办了。

“谢谢，你真是帮了我太多忙了，”巨龙说，“但是，现在我们该考虑如何从这个房间出去了。如果你去开门，就会发现门关得严严实实，我们两个无论如何都是出不去的。”

亚诺什不信，他到门前试了一下，果然完全打不开。

“听我说，”巨龙说，“看到那边的小柜子了吗？你取出柜子中间抽屉里的那个小苹果，扔到我说话的这张嘴里。”

亚诺什很快找来苹果，扔进巨龙中间的嘴里。房门立刻打开了，巨龙翅膀上的钉子也脱落了，它摇晃了几下身子便飞出了房间，在空中回过头冲亚诺什喊道：“孩子，我们会再见面的！”

亚诺什走出房间，接着干自己的活儿。城堡中三匹会魔法的骏马不住地嘶鸣着，因为它们发觉亚诺什受骗了。

词语在线

嘶鸣：（骡、马等）大声叫。

这时，埃蒂尔卡公主终于回来了。她一进城堡就发现出事了，愤怒地冲亚诺什喊道：“亚诺什，你知道你闯了多大的祸吗？我一直不让你进第十二个房间的原因就是这个呀。现在可好，我们再也无法在一起了！虽然我们订婚了，但只要举行婚礼，那条巨龙就会把我带走的。”

亚诺什后悔极了，他痛哭着说：“早知道会有这种结果，我一定不会干那件蠢事！”

“亲爱的，现在后悔也晚了。那条巨龙是不是答应送给你三个王国？实际上，这对你来说是毫无用处的。为了救我，你会一个接一个地失去你的王国。”

亚诺什抱着公主大声痛哭。虽然明知道接下来的命运会怎样，他们依然在一个星期后举行了婚礼。仪式进行完毕后，他们刚刚走出教堂，一阵狂风刮来，巨龙把新娘子从亚诺什身边抢走了，并对着亚诺什喊道：“现在你是三个王国的国王了，你可以来看望你的妻子三次，但是不能将她领回去。”

亚诺什根本不在乎什么王国，他只想夺回自己的妻子。即使走遍天涯海角，哪怕献出生命，他也要让埃蒂尔卡回到自己的身边。他走进马厩，向自己心爱的三匹魔马倾诉了自己的悲伤，并请求它们和自己一起去寻找妻子。三匹马中年龄最大的一匹说：“主人，你不要着急，我跟你一起去把女主人找回来吧。你快给我配好马鞍，将我们俩的口粮和一些水装到褡（dā）裢（lian）里。”

亚诺什很快准备好了，马儿驮上他，展开翅膀飞了起来。他们越过崇山峻岭、峡谷河流，飞过荆棘丛生的灌木丛，穿过了一个又一个王国，依然没有找到公主。

亚诺什非常失望，这时，马儿突然说：“主人，你往下看，那间茅屋前边的女人是不是我的女主人呢？她端着一个木盆，盆里满是血迹斑斑的衣服，正要去井边洗衣服呢。”

词语在线

褡裢：①长方形的口袋，中央开口，两端各成一个袋子，装钱物用，一般分大小两种，大的可以搭在肩上，小的可以挂在腰带上。②摔跤运动员摔跤时所穿的一种用多层布制成的上衣。

他们立刻降落了，那果然是亚诺什的妻子。他们相互拥抱、亲吻，悲喜交集，都忍不住哭了起来。随后，亚诺什说："快骑上马，我带你一起走。"

"没用的，我们在半道上就会被巨龙赶上的，因为它的马比我们的马快多了。"

"管不了那么多了，上马吧！"

埃蒂尔卡和亚诺什一起跨上马背，马儿立刻飞奔起来。

巨龙的马看到埃蒂尔卡被带走了，于是不断蹦跳起来，又是刨地，又是嘶鸣。巨龙回到家，气呼呼地骂自己的马："你的心、肝、肺都该喂狗，你的眼珠子该让乌鸦啄了去！我每天给你吃好的干草和新鲜的燕麦，让你喝清凉的溪水，你为什么要胡闹？"

"埃蒂尔卡被带走了！"

"我现在吃饱喝足，再砸一口袋核桃吃，到时候再去追，还来得及吗？"

"来得及，反正时间足够，可以追上他们。"

巨龙饱餐一顿之后又砸了一口袋核桃，吃完后又拿出烟斗抽了一百公斤烟草，接着跳上马背飞奔起来。不过一眨眼的工夫，它们就赶上了亚诺什，再次抢走了他年轻的妻子。巨龙对亚诺什说："你的第一个王国已经失去了。"

名师点评

巨龙做了这么多事，依然能追上亚诺什，体现出它的马的速度非常之快。

亚诺什难过极了，却无计可施。马儿对他说："主人，我们飞回城堡吧，我的妹妹比我年轻，也比我强壮，它或许能够带回女主人。"

于是，亚诺什和马儿一起回到了城堡。他一夜都没睡，天刚亮就骑上第二匹马儿上路了。这匹马儿已经知道路了，是它的姐姐告诉它的。

到了中午，他们又到了巨龙的住处，只见亚诺什的妻子正在水井旁边洗衣服边哭呢。

“亲爱的妻子，快上马吧，我们这就回去。”

“没用的，”埃蒂尔卡说，“我们不过是白费力气罢了，因为巨龙还是会追上我们的。”

“亲爱的女主人，”马儿说，“我会豁出性命奔跑的。”

公主跳上马背，马儿立刻朝着家的方向飞奔起来。

巨龙的马又不断蹦跳起来，又是刨地，又是嘶鸣。巨龙风风火火地赶回来，气呼呼地冲马儿嚷道：“你的心、肝、肺都该喂狗，你的眼珠子该让乌鸦啄了去！我每天给你吃好的干草和新鲜的燕麦，让你喝清凉的溪水，你为什么要胡闹？”

“埃蒂尔卡被带走了！”

“我现在吃饱喝足，砸一口袋核桃吃，再打一个盹儿，然后再去追，还来得及吗？”

“来得及，但你不要睡太久。咱们能追上他们的。”

巨龙很快吃饱喝足了，它又睡了一会儿，醒来后跨上马背追了上去，逃亡者已经快到边界了，但是并没有跨过界碑。于是，公主又被抢了回去。巨龙对亚诺什说：“喂，亚诺什，你已经失去你的第二个王国了。”

词语在线

界碑：在交界的地方竖立的碑，用作分界的标志。

于是，亚诺什又骑马飞回了家。第二天天刚亮，他又骑上更强壮的第三匹马出发了。第三匹魔马对他说："主人，情况不妙啊！这次我们换一种方式去救女主人吧。"

他们有时候贴着地面飞行，有时候直冲云霄，速度比前两次快多了。很快，他们又到了那间茅屋前，公主又在井旁清洗血迹斑斑的衣服。

"噢，亲爱的妻子，我第三次来救你了，快上马！"

"好吧，但是我很清楚我们是在白费力气。"

他们迅速往回赶，这次的速度比前两次要快得多，但公主依然忧心忡（chōng）忡。

巨龙的马这次又是蹦跳又是打响鼻，巨龙回来后气急败坏地说："你就不能让我跟朋友多待一会儿？为什么让我不得安宁呢？你的心、肝、肺都该喂狗，你的眼珠子该让乌鸦啄了去！我每天给你吃好的干草和新鲜的燕麦，让你喝清凉的溪水，你为什么要胡闹？"

"埃蒂尔卡被带走了！"

"我现在吃饱喝足，再砸一口袋核桃吃，然后再去追，还来得及吗？"

"来得及，咱们还有时间。"

巨龙就开始吃喝，一转眼就吃饱喝足了，因为它毕竟有七张嘴。接着，它跳上马背追了上去。这时候，亚诺什和妻子已经到了巨龙的第十二个王国，也就是最后一个王国的边境了。然而巨龙还是在自己王国边界的一侧抢回了公主。

词语在线

忧心忡忡：形容忧愁不安的样子。

"喂，亚诺什，现在你已经失去最后一个王国了。我说过，我允许你看望你的妻子三次。下次再敢来，我就要你的命。"

说完，巨龙带着公主飞回去了。

这时，魔马对亚诺什说："亲爱的主人，就算死，我们也要去碰碰运气。"亚诺什回答说："当然，我的好马儿。我早就下定决心，就算死也要把我的妻子带回家。"

名师点评

这里体现出魔马和亚诺什对埃蒂尔卡的深情和不畏强暴的精神。

巨龙回到家，放下埃蒂尔卡后又去找朋友了。几乎同时，亚诺什又回到了妻子的身边，说："亲爱的妻子，再次上马吧！我不怕死，我知道你也不会接受命运的安排。"

妻子恳求他不要这样做，因为这完全是在送死。

"除非我死了，否则一定会带你走的。上马吧！"两人骑上马，向家的方向飞奔。马儿说："主人，抱紧我的脖子，我要用尽我的生命来奔跑和飞翔了。因为现在我们要么回家，要么死。"

他们刚离开，巨龙的马又是蹦跳又是打响鼻。巨龙回来后火冒三丈，它大骂道："你的心、肝、肺都该喂狗，你的眼珠子该让乌鸦啄了去！我每天给你吃好的干草和新鲜的燕麦，让你喝清凉的溪水，你为什么要胡闹？你一定要害得我不得安宁吗？"

"埃蒂尔卡被带走了！"

"什么？"巨龙暴跳如雷，"他竟然还敢来？我现在吃饱喝足，砸一口袋核桃吃，再打一个盹儿，然后再去追，还来得及吗？"

“来不及了，他们现在已经到了你最后一个王国的边境了。”

巨龙怒不可遏，立刻跳上马背飞奔起来，终于在边境的濠（háo）沟处追上了亚诺什和他的妻子，并抢走了公主。真可惜啊，他们离自由只有几米了……

“你这个无赖，我说过只宽恕你三次，这次不会再饶恕你了。”巨龙说着将夺过来的公主扔在自己的马背上，冲她怒吼道，“我已经禁止你再跟他走了，你为什么还敢坐到他的马背上？”

名师点评

巨龙忘恩负义，抢了亚诺什的妻子，反倒说救妻子的亚诺什是无赖，体现出它强横傲慢、颠倒黑白的性格特点。

埃蒂尔卡没有回答，巨龙转身一把抓住亚诺什，将他撕成了碎片。巨龙命令埃蒂尔卡将亚诺什的碎尸断骨装进马背上的褡裢里。

巨龙说：“让马把他驮回去，告诉所有人，这就是来搭救你的下场。”

埃蒂尔卡痛哭着将亚诺什的尸骨装进褡裢里，对马儿说：“把他驮回家去吧，告诉所有人，千万不要再来救我了。”

巨龙带着埃蒂尔卡飞回去了，马儿悲伤地驮着主人的尸骨慢慢往回走，考虑着该怎样让这些碎尸断骨变回活人。当它走到一条小道上时，看到一条小蛇衔着一片嫩草叶急匆匆地向前爬着。它叫住小蛇，问道：“你嘴里衔的是什么？”

“生命草。我的儿子被车轧伤了，我要用这草为它治疗。”

“能分给我一些吗？我想让我的好主人复活，瞧，他现在就在这个褡裢里。”

“行，亲爱的马儿，”小蛇说，“但是我的儿子现在就躺在那边的大道上，如果一会儿再过去一辆车子轧到它就不好了。我还是先帮它治疗吧。”

“好的，”马儿说，“走吧，我可以帮你的忙。我可以轻轻用牙齿咬住它的尾巴将它拖离大道，这样它就不会再被车子轧到了。”

马儿将小蛇的儿子拖离大道，小蛇就用生命草搓儿子的伤口，伤口立刻痊愈了，小蛇的儿子迅速爬走了。接着，马儿来到了一片林间空地，将褡裢甩在地上，倒出里面的碎尸断骨，用鼻子将它们拼出了人的形状。小蛇立即用生命草搓起了那些尸骨，凡是它搓过的地方，立刻就长到了一起。当尸骨全都搓完之后，亚诺什就像睡着了一样躺在那里，看上去比过去至少英俊了七倍。

名师点评

亚诺什如此轻易就起死回生了，体现出民间故事想象天马行空的特点。

马儿用前蹄轻轻摁了摁主人的肩膀，亚诺什动弹了一下。马儿又轻轻推了推他，说：“主人，醒醒，你要睡到什么时候？”

亚诺什一惊，醒了过来，对马儿说：“啊，我睡得好熟呀，亲爱的马儿！”

“要不是这条小蛇用生命草治好了你，你只怕要睡到世界末日哩。”

亚诺什向小蛇表示了感谢，小蛇便去找自己的儿子了。亚诺什又问马儿：“亲爱的马儿，我的救命恩人。既然我醒了，咱们该干什么？是回家，还是再去巨龙的住处？”

“先回家吧。三天后咱们再来，那时候巨龙就会忘掉这回事了！”

他们好好休息了一番，三天后再次上路了。这一次，马儿提前对亚诺什说：“亲爱的主人，这次一切行动都要听我的安排。我们不能直接去巨龙的家，因为只要有陌生人在巨龙的国土上游荡，就连坟墓里的幽魂都会向巨龙汇报的。我们在巨龙离开家的时候偷偷去找女主人，让女主人去询问巨龙的马是从哪里弄来的。不搞明白这一点，我们永远无法把她接回来。”

他们飞到巨龙家的上空，落在一个小山包后面。看到巨龙离开家，亚诺什就让马儿藏好，自己悄悄绕过去进入了屋子，连一只蚂蚁都没有惊动。埃蒂尔卡看见他大吃一惊，简直无法相信自己的眼睛。

名师点评

“连一只蚂蚁都没有惊动”，夸张而形象地刻画出亚诺什的小心谨慎。

亚诺什低声说：“别害怕，亲爱的，我真的是你的亚诺什，快将我藏起来，别让任何人看见。”

埃蒂尔卡将他领到一个小房间，亚诺什说：“我亲爱的妻子，你要做一件事，就是问问巨龙，它的那匹马是从哪儿弄来的。知道了这个，我就可以去找一匹更好的马来，这样我们就能成功逃走了！”

巨龙快回来了，亚诺什回到小山包。巨龙一进门就嚷道：“喂，饭做好了吗？”

埃蒂尔卡用亲切的声音回答说：“嗨，亲爱的，做好了，咱们一起吃吧。”

这亲切的话让巨龙惊诧不已，因为这是埃蒂尔卡第一次没有哭哭啼啼地跟它说话。埃蒂尔卡说：“反正我的丈夫已经死了，我何苦再想着他呢！以后我们就好好过日子吧，你能不能告诉我，咱们那匹马是从哪儿弄来的？我从没见过那么好的马。”

巨龙有些怀疑她，但是觉得她说的话也很有道理，它心想：既然都是一家人了，为什么不能告诉她呢？于是，它对埃蒂尔卡说：“你说得对，我出去办点儿事，回来就告诉你。”

说完，巨龙就到了墓地，问那些被它害死的人的幽魂，是否看见有陌生人来过。幽魂们说：“除了那个被你抢了妻子并被你杀死的年轻人，再也没有陌生人来过。”

名师点评

从这里可以看出，如果亚诺什没有死去，巨龙无论如何都不会说出马的秘密，侧面体现出作者安排情节的巧妙。

巨龙放心了，回到家中对埃蒂尔卡说：“过来，我把你想知道的告诉你。反正你知道这些对我没有害处，对你也没有什么好处，你难道要将这些话告诉那个已经被我撕成碎片的人吗？你听着：在你的城堡的左侧，有一条人迹罕至的小道直通大海。大海看起来很深，其实只没过膝盖。到了海的对岸，小道通往一个非常遥远的国家。那个国家住着一个长着铁鼻子的老巫婆，她有三匹马，其中最小的铁青马要比我的马强壮两倍，跑得也快两倍。但是，如果不伺候好老巫婆，你是什么都得不到的。现在你的好奇心满足了吧？你知道这些又有什么用呢，反正你是绝对无法离开我的国境的。我这就串门去了，再见吧！”

说完，巨龙就出去了。亚诺什的马立即告诉主人：“巨龙出门了，快去找女主人吧。”

亚诺什马上进了屋子，埃蒂尔卡把巨龙的话原原本本地告诉了他，并说：“它只说了这些，至于怎么得到那匹马我也不清楚。你快去吧，不管多难熬，我都等你回来。亲爱的丈夫，愿你无灾无病，早日带我回家。”

亚诺什吻别妻子，把一切都告诉了马儿，又去找小蛇要了一些生命草，随后回到了城堡。休息了一阵子之后，他独自沿着那条杂草丛生的小道走了几天几夜，终于到了海边，水真的只没过膝盖。到了对岸，亚诺什看到沙滩上躺着一条小鱼，半边身子都被太阳晒干了。他觉得小鱼很可怜，就把它拎起来放回水里。小鱼立刻活了过来，身子仿佛比原来大了两倍，看上去健康极了。

小鱼对亚诺什说：“哦，我的恩公，你是上天派来拯救我的。现在，请你从我没被太阳晒到的半边身子上取下一片鱼鳞。你遇到麻烦时，只要把鱼鳞翻过来，我就会来帮助你。”

名师点评

一条小鱼都知道知恩图报，我们更要做一个懂得感恩的人。

亚诺什按它说的取了鱼鳞，但是心里却想：“这么小的鱼，能帮我什么呢？”他把鱼鳞装进口袋，继续赶路。

他走进一片森林，发现森林中有一个池塘，那里有一只翅膀受伤的野鸭子在痛苦地呻吟着。亚诺什可怜这只野鸭子，就说：“游到我身边来，小鸭子，我能帮你治好翅膀。”

“我才不过去呢！你不是想把我烤着吃，就是想把我炖着吃。”

“啊，我不会伤害你的，放心吧！”

野鸭子半信半疑地游了过来，亚诺什将它抱起来，从口袋里取出生命草，在它受伤的翅膀上搓了几下，伤口立刻愈合了，仿佛从来没受过伤一样。

野鸭子抖动了一下翅膀，高兴极了，它对亚诺什说：“哦，我的恩公，你是上天派来拯救我的。请你从我没受过伤的翅膀上拔下一根闪光的翎（líng）毛。你遇到麻烦时，只要将宽的一头的羽毛撕下来，我就会来帮助你。”亚诺什按它说的拔下了一根翎毛，随后野鸭子就飞走了。

亚诺什不认为这只野鸭子能帮自己什么忙，但还是将翎毛放进了口袋。又走了一段路，他终于看到了一间小屋，那就是他要找的老巫婆的家！他紧走几步，突然从灌木丛中蹿出一只狐狸。狐狸用三条腿一瘸一拐地走着，受伤的腿拖在地上，看起来非常痛苦。

亚诺什可怜它，于是喊道：“等一等，狐狸兄弟，你的腿受伤了。过来，我帮你治疗一下吧。”

狐狸回头看看他，说：“我才不过去呢！你肯定是想剥了我的皮做成皮袄。”

“我是不会伤害你的，但是你不相信的话我也没办法。”

“那好吧，我这就过去，”狐狸说，“你要是敢伤害我，我会咬你的。”

狐狸走过来后，亚诺什取出生命草，在它受伤的腿上搓了搓，伤口立刻愈合了。狐狸兴高采烈地蹦起来，对亚诺什说：“哦，我的恩公，你是上天派来拯救我的。你从我的尾巴上揪（jiū）下几根毛吧，遇到麻烦时将毛放进烟斗里点燃，我就会来帮助你。”

词语在线

兴高采烈：兴致高，情绪热烈。

亚诺什揪下了几根狐狸尾巴上的毛，随后，狐狸蹦蹦跳跳地走了。亚诺什继续朝着小屋的方向走，天黑时他终于来到了小屋门前。一个老巫婆坐在门槛（kǎn）上，她长着一个铁鼻子，正纳闷儿地看着这个陌生人。

亚诺什很有礼貌地说：“老奶奶，晚上好。”

“晚上好，我的孩子！你这么有礼貌，真是走运啊。看到那边树干上的九十九颗人头了吗？如果你对我没礼貌的话，你的人头也许就变成第一百颗了。这个地方，连你们国家的鸟儿都不敢来，你来干什么呢？”

“我来找些活儿干，老奶奶。”

“啊，你来得正好。我可以雇用你，工钱也不用讨价还价。我这里三天算一年，只要你尽职尽责地为我工作一年，你想要什么我就给你什么。你的任务就是替我放马，别让它们跑掉，晚上要带它们回来。”

“我一定照顾好它们，老奶奶，我最擅长照顾马儿了。”

“那就这么定了，孩子，进屋来吃饭吧，吃完了我带你去看看马。”

老巫婆让亚诺什吃了一顿丰盛的晚餐，然后带着他来到马厩。亚诺什长这么大从来没有见过这么强壮的马。老巫婆说："孩子，这些是你要放的马。"说完她就离开了。亚诺什亲切地抚摩着那些马儿，那匹年龄最小的铁青色的马舔了舔他的手。

亚诺什回到屋子里，老巫婆给他安排了房间，还给他铺好了舒适的床铺。在询问过亚诺什在哪儿待过、做过什么活计之后，他们就各自上床去睡了。

词语在线

活计：①过去专指手艺或缝纫、刺绣等，现在泛指各种体力劳动。②做成的或待做的手工制品。

第二天早上，老巫婆给亚诺什准备好了干粮。亚诺什给三匹马套上缰绳，自己骑上了铁青马。到了牧场，亚诺什取下马儿的笼头让它们吃草，自己躺在凉风习习的树下睡着了。他醒来时，太阳已经下山了，三匹马却不见了踪影。亚诺什急坏了，到处找却一无所获。这时，他想起了小鱼给他的鱼鳞。于是，他把鱼鳞翻了个个儿，那条小鱼瞬间就出现在他身边的泉水里。

"恩公，你需要什么？"

"小鱼，你知道我的马儿们去了哪里吗？"

"你的三匹马都在我的王国里。今天我的传令兵告诉我，有三条陌生的黑鱼来到了我的国境。等大海涨潮的时候，我会派属下将它们赶往岸边，你握紧皮鞭，狠狠抽打中间的黑鱼，打得它肚皮朝天，你的马儿们就会跟你一起回到牧场了。"

话音刚落，亚诺什就出现在了海滩上，小鱼在海中喊道："来了！"波涛汹涌的潮水向岸边涌来，三条背上长着刺的黑鱼像被什么驱赶着一样游往岸边。亚诺什握紧皮鞭，狠狠地抽打中间的那条鱼，把它打得肚皮朝天。一眨眼，那三匹马就都出现在牧场了，它们身上都湿漉漉的。亚诺什给马儿们套好缰绳，牵着它们回了家。

“晚安，老奶奶！”

“晚安，我的孩子！马儿们都回来了吗？”

“您亲自去看看吧，我从来没见过像它们这么听话的马儿。”

“我去看看，孩子，你吃晚饭吧。”

就在亚诺什吃着丰盛的晚餐的同时，老巫婆却在用烧火棍和煤铲子痛打那三匹马，因为她痛恨它们没有把自己藏好：“你们怎么让他这么轻易就找到了？明天我亲自去把你们藏好，再让他找着我还会狠狠地教训你们一顿！”

第二天早上，老巫婆给亚诺什准备了更美味的干粮，还有可口的酒，但是酒里却掺了瞌睡药。亚诺什骑上铁青马来到牧场，让马儿们自由自在地吃草，自己又在泉水旁睡着了。傍晚醒来时，三匹马又不见了。他知道仅靠自己是找不到的，于是从口袋里掏出那根闪亮的翎毛，扯下宽的那头的羽毛。很快，天空响起了翅膀扑扇的声音，那只野鸭子出现在他面前。

> **名师点评**
> 老巫婆表面和善，实际上为了阻挠亚诺什无所不用其极，这警示我们，一定不能被假装和善的人哄骗住。

“恩公，你遇到什么麻烦了吗？”

“我的马儿们丢了，我不知道到哪里去找，想请你出个主意。”

“啊，我已经知道了！在我的领地里很少出现其他鸟，今天却多了三只白乌鸦，这太不正常了。我会让我的小妹妹赶着它们朝你飞来，你要握紧皮鞭，狠狠抽打中间那只白乌鸦，把它打死，让它落在地上，你的马儿们就会重新出现在牧场了。”

亚诺什跟着野鸭子到了湖边，看到一大群羽毛洁白的野鸭子。一只强壮的野鸭子追赶着三只白乌鸦朝亚诺什飞来。白乌鸦朝亚诺什俯冲下来，仿佛想啄死他。亚诺什保持着警惕，紧紧握着皮鞭抽打中间的乌鸦，把它打翻在地。一瞬间，亚诺什和他的马儿们又站在牧场上了。

词语在线

俯冲：（飞机等）以高速度和大角度向下飞。

回家后，亚诺什进屋吃晚饭，老巫婆在马厩里用烧得通红的烧火棍狠狠地抽打那三匹马，说道：“你们为什么不好好躲起来？明天你们躲在厨房里，我会把你们变成鸡蛋放在筐子里，上面还会放一只老母鸡。”

第三天，亚诺什又带着马儿们到了牧场。傍晚时，马儿们又丢了。亚诺什想起那只跛（bǒ）脚狐狸，于是取出狐狸毛，装在烟斗里。火刚点着，狐狸就从灌木丛里跳了出来。

“恩公，出什么事了？”

“太糟了，我的狐狸朋友，我的马儿们丢了。”

“哦，真是糟糕，但是我可以帮你找到它们。你跟着我回到老巫婆的房子，别让她看见。我抓走她最喜欢的那只公鸡，它的打鸣声即使隔着七个国家都能听到。到时候，老巫婆一定会拿着烧火棍追我，你就到厨房用皮鞭抽打筐里的三个鸡蛋，把它们全部打碎，让蛋液溅（jiàn）在墙上。这样，你的马儿们就会出现在牧场了。”

他们一前一后回到了小屋，狐狸蹿出去叼着那只公鸡就往灌木丛跑。公鸡大声啼叫，老巫婆听到后立刻追了出来，喊道：“你这个无赖！放下我的公鸡，看我不打断你的腿！”她跑得太慢了，完全赶不上狐狸。与此同时，亚诺什溜进厨房，赶走了卧在筐里的母鸡，用皮鞭把三个鸡蛋打得粉碎。接着，他在一瞬间就回到了牧场，那三匹马也在他的身边。他给它们套上笼头，骑上铁青马往家走。

路上，铁青马突然开口对亚诺什说：“亲爱的年轻人，我知道你是为了得到我才来这里的，老巫婆也知道。到了明天，她会将我变成一匹长满疥（jiè）疮（chuāng）、躺在粪堆上的丑陋马驹。老巫婆会答应你的一切要求，并将我的两个伙伴也送给你，但是你必须选我，哪怕要背着我走一段路。今天晚饭后，老巫婆会故意长时间地找你聊天，想让你犯困，但是你千万不能睡着。如果你睡着了，你的脑袋就会出现在树干上，成为她的第一百个战利品。

“晚上十一点时，她会让你去睡觉。一到十一点半，她就会起来。不知你是否注意到了，屋子的角落里挂着一副破烂不堪的马具，还有一把生锈的剑。她会抽出剑，用她那像犁一样的舌头磨剑，磨上十五分钟。那时，她会对你说：‘快起床，我的仆人！’但你千万不要动。到了十二点，她会大

词语在线

疥疮：传染性皮肤病，病原体是疥螨，多发生在手腕、手指、腋窝、腹股沟等部位。症状是局部起丘疹而不变颜色，刺痒。

喊：‘见鬼去吧，我要把你劈成两段！’但是她的眼睛到了十二点就会失明，你要赶快翻身贴着墙，一动不动。她摸不到你，就会回去睡觉。你可以打个盹儿，但千万别睡熟。到了第二天，你可以找她要那副马具以及那把剑，它们曾经属于世界上最勇猛的骑士，都是独一无二的宝物。”

名师点评 亚诺什既聪明，又懂得人情世故，这是他能够达到目的的重要原因。

亚诺什牢牢记住了铁青马的话，进了家门，他依然亲切地向老巫婆打招呼说：“晚上好，老奶奶！”

老巫婆说：“晚上好，我的孩子。进来吃晚饭吧，我去饮马。”

亚诺什注意到公鸡不见了，看来已经成了狐狸的美餐。他进去吃饭，老巫婆又去马厩打马，一边打一边说：“最后一天了，你们还是没能逃走。”随后，她冲着铁青马说：“他是得不到你的，我要在今天夜里把他宰了，或者把你变成丑八怪，谁见了你都不想要。”

然后，她回屋去了。晚饭后，老巫婆找各种话题没完没了地跟亚诺什聊天，让他感到非常困倦。到了十一点时，老巫婆说：“愿你睡个好觉，孩子！我也要去睡了。”

亚诺什躺在床上，却像一只兔子一样警觉。老巫婆的鼾（hān）声传来，像是睡得很熟。但是时针指向十一点半时，她就像被蛇咬了一样跳起来，把墙角的剑拔出剑鞘（qiào），并伸出舌头磨剑。她磨完一侧，再磨另一侧。

差一刻十二点时，她用嘶哑的嗓音冲亚诺什大喊：“快起床，我的仆人！”

亚诺什一动不动，假装睡得很熟。十二点整，老巫婆大喊一声：“见鬼去吧，我要把你劈成两段！”

这时，老巫婆的眼睛瞬间失明了，只能在床上乱砍，连床都被砍成了两半。亚诺什紧紧贴着墙，好几次差点儿被剑划到。床变成两半后，他只好蜷缩在床头。老巫婆伸手想摸尸体，以便砍下亚诺什的头颅，挂在树干上作为她第一百个战利品。可是，她摸了半天都没摸到，因为亚诺什一直在躲着她的手。她气呼呼地喃喃自语：“怎么回事，难道他逃走了？没关系，反正他在我这里干活儿期满了，我知道他想从我这儿拿走什么，我会让它变得十分丑陋，让他不想要它。”

词语在线

喃喃自语：形容小声地自己跟自己说话。喃喃，象声词，连续不断地小声说话的声音。

说完，她就又回去睡觉了。亚诺什不敢合眼，就这样熬到了天亮。

天亮之后，老巫婆起床，做了一桌子丰盛的早餐，对假装刚睡醒的亚诺什说：“噢，孩子，你忠心耿耿给我干活儿已经满一年了。现在，说出你的要求吧，你的任何要求我都会满足的！”

“老奶奶，我活儿干得还不够好，不想要什么珍贵的东西。您只要把墙角那把生锈的剑和那副破烂不堪的马具给我就好了，我可以骑着那匹躺在粪堆上的丑马驹回去。只有这样，别人才不会说我好占便宜。”

老巫婆笑道：“我说过能满足你的一切要求，你可以找我要很多金银珠宝，为什么要那堆破烂呢？那匹马驹浑身生了疥疮，别说骑了，你可能还得背着它走呢。”

“没关系，老奶奶。我不想要什么金银珠宝，只要得到自己想要的就心满意足了。”

老巫婆叹了口气说：“好吧，你若执意要那些，我也不阻拦了。但是，那匹小马驹你得一直背到边境，因为它的腿不能走了。你好好想想吧，那会多么辛苦！”

亚诺什没理她，他将又脏又臭的马驹扶起来，套上破辔头和脏马鞍，又把那把生锈的剑别在腰间。随后，他把马驹扛在肩上，说道：“再见了，老奶奶，这一年多谢您的关照。”

“走吧，孩子！但是我还是要告诉你，那匹马驹没法治了。”老巫婆说。

亚诺什一路上歇了三次，因为太累了，但他始终不肯放下马驹。到了老巫婆管辖的地域的边界，他正要跨过壕沟时，马驹说：“主人，把我放下来吧，从现在开始该我驮你啦！”

话音刚落，马驹从亚诺什肩上跳下来，蹦了一下，抖了抖身子，突然变成了一匹金色的战马，连巨龙的那匹马都相形见绌（chù）。同时，亚诺什身上也闪了一下，他的佩剑、衣服、靴子和靴子上的马刺，都焕然一新。

词语在线

相形见绌：跟另一人或事物比较起来显得远远不如（绌：不足）。

“骑上我吧，亲爱的主人！”马儿说，“咱们是像风一样飞走，还是慢慢地走呢？”

“我们赶快去把我的妻子接回来吧，她被巨龙抓走了。”

“我们马上就能到那里，我知道是哪儿，因为我的舅舅也在那里。”

原来巨龙的那匹马是它的舅舅。亚诺什刚刚跨上马背，还没有反应过来就到了巨龙的住所。埃蒂尔卡正在井边打水，亚诺什对她说：“亲爱的妻子，我来接你了。巨龙在家吗？”

“不，他正在朋友那里寻欢作乐。”

“你快收拾一下东西，放心大胆地骑上我的马吧。这次我们肯定能逃走的。”

埃蒂尔卡简单收拾了一下，上了马，马儿并不急着飞走。他们刚走出大门，巨龙的马又是刨地，又是嘶鸣，巨龙气急败坏地跑回家喊道：“你的心、肝、肺都该喂狗，你的眼珠子该让乌鸦啄了去！我每天给你吃好的干草和新鲜的燕麦，让你喝清凉的溪水，你为什么要胡闹？”

“埃蒂尔卡被带走了！”

“我吃饱喝足后，再砸一口袋核桃吃，然后再去追，还来得及吗？”

“来不及了，我觉得我们现在已经追不上他们了。”

巨龙气得七窍生烟，它在靴子上装了一百多公斤重的马刺，骑上马后拼命踢马肚子，差点儿把马肚子戳穿了。巨龙的马拼命追赶，累得直喘气，亚诺什远远地嘲笑巨龙说：“你不用那么疯狂，老伙计！你是追不上的！”

名师点评

这里体现出巨龙对待自己的马的残暴，为后文埋下伏笔。

巨龙的马对亚诺什的马大声喊道：“快站住，外甥女！

否则我会被巨龙撕成碎片的。”

它的外甥女一边悠闲地跑着一边回答道：“我的舅舅，你要是不想死，何不把它从背上摔下来，摔成肉饼呢？”

巨龙的马恍然大悟，它抬起后腿，用力把巨龙掀下了马背。巨龙猝不及防，还没来得及展翅飞翔，就摔在地上死了。于是，巨龙的马请求亚诺什收留它，亚诺什就让妻子骑上它，然后他们一起缓缓地回家了。

回到城堡之后，他们再次举办了盛大的婚宴，过上了幸福的生活。这时，他才想起国王还在等着自己回去呢。于是，他带了满满一口袋苹果，骑着金色的战马，很快就回到了苹果树下。随后，他觐（jìn）见了国王，并对他说：“国王陛下，很抱歉这么久才把苹果送来。而且，我也无法娶公主了，因为我已经结婚了。”

词语在线

觐见：朝见（君主）。

国王没有生气，因为他吃了苹果，病立刻痊愈了。为了庆祝，他在全国举办了极其盛大的宴会。狗从宴会上走过，汤都漫过了它的肚皮。那些汤是如此美味，能喝到一勺都算是幸运儿。亚诺什离开时，用一个大口袋装了很多汤，又用胡萝卜做了一对马刺。他不小心用马刺扎破了口袋，流出来的汤变成了多瑙河。

故事就此完结，愿君读得开心。如果你不相信，去啃你的靴子！

品读赏析

一个出身贫寒的穷小子，通过智慧和努力娶到地位崇高的女子（多数是公主），战胜强敌（巫婆、巨龙、妖怪等），改变命运，这些是全世界民间故事中最常见的“套路”。这体现出劳动人民改变现实的愿望，具有一定的进步意义。这篇故事里的亚诺什，善良，勇敢，坚忍，有很多值得我们学习的地方。

写作积累 XIEZUO JILEI

铩羽而归　嘶鸣　界碑　忧心忡忡　人迹罕至　兴高采烈　门槛　活计　俯冲　喃喃自语　相形见绌　焕然一新　觐见

· 国王的女儿是王国里最美丽的姑娘，但是跟眼前这位姑娘比起来，不过是一朵羞怯的紫罗兰罢了。

· 巨龙的两条后腿上吊着两个铁球，每个重达五万公斤；它的两只巨大的翅膀被两根大钉子钉得结结实实的；龙须被两块巨大的磨石牢牢夹住了。

· 他们越过崇山峻岭、峡谷河流，飞过荆棘丛生的灌木丛，穿过了一个又一个王国，依然没有找到公主。

· 亚诺什离开时，用一个大口袋装了很多汤，又用胡萝卜做了一对马刺。他不小心用马刺扎破了口袋，流出来的汤变成了多瑙河。

思考练习

1. 亚诺什是如何爬上参天树的？

2. 亚诺什为了得到金色战马，付出了哪些努力？

3. 巨龙是如何被打败的？

青蛙公主

俄罗斯

名师导读

这是一个俄罗斯民间故事，由苏联作家阿·托尔斯泰整理，选用时有改动。故事讲述了一个美丽而聪明的公主瓦西丽萨被巫婆变成了丑陋的青蛙。邻国英俊的小王子选择妻子的箭落在了青蛙公主的面前。他们能够成功结合吗？

很久以前，一个王国里诞生了一个小公主，名叫瓦西丽萨。她既聪明又漂亮，但是太调皮了，王国里的很多大臣甚至连国王都常常被她捉弄。国王知道公主从小被娇惯，不接受一点儿教训是不会改正的。于是，国王请来了一个巫婆，让她把瓦西丽萨变成一只青蛙，期限是三年，三年后瓦西丽萨就会恢复原样。国王觉得三年的时间不长也不短，足够让瓦西丽萨改正自己的缺点了。

随后，巫婆念念有词，瓦西丽萨在自己房间里突然消失了，一只丑陋的青蛙出现在王宫之中。伤心的瓦西丽萨只能在王宫的池塘里生活，期待有一天自己能变回原来的样子。

词语在线

念念有词：①旧时迷信的人小声念咒语或说祈祷的话。②指人不停地自言自语。

与此同时，邻国的三个王子也长大成人了。这一天，邻国的国王将儿子们叫到面前，说："孩子们，你们都长大了，该成家立业了，却始终没找到合适的妻子。这里有三支神奇的箭，你们每人射一支箭出去，离箭落下的地方最近的未婚女子，就是你们的妻子，你们必须和她们结婚。"

三个王子从来没听说过这么奇怪的娶亲方式，非常惊讶，但是他们不敢违拗父亲的意思。于是，他们一人取走一支箭，朝着不同的方向射去。就这样，他们把命运交给了上天来决定。

大王子的箭首先落下了，离箭最近的未婚女子是王城里一个高傲而美丽的贵族小姐。大王子向她求婚，贵族小姐高兴地答应了。

二王子的箭飞出了王城，落在了一个富商的女儿身边，这个娇滴滴的富家女成了二王子的王妃。

小王子的箭却始终没有落下，而是飞呀飞，飞出了国境，飞到了邻国的王宫，落在了王宫的池塘边。小王子追着箭来到池塘边，没有看到女子，只有一只丑陋的青蛙蹲在箭的旁边。小王子非常难过，认为自己遭到了命运的捉弄，想要转身离开。这时，瓦西丽萨看到了这个英俊的年轻人，立刻就爱上了他。于是，它开口说道："带我走吧，让我做你的妻子。"

小王子诧异地说："你是一只青蛙，我怎么能娶一只青蛙做妻子呢？"

“请你带我走，行吗？你一定不会后悔的。”瓦西丽萨恳求道。

小王子非常善良，他看见青蛙的眼泪，心软了。再说他已经答应了父亲，要用这种方式找到自己的妻子。于是他只得捧起青蛙，满心忧伤地回到了自己的国家，并将事情告诉了父亲。

名师点评

如此荒唐的要求，小王子竟然答应了，他的善良由此凸显出来。

小王子竟然娶回了一只青蛙！王城轰动了，小王子成了大家的笑柄。但是国王却意味深长地对小儿子说：“这就是你的命运，你只能接受，而且不要后悔。”

不久，为了庆祝儿子们结婚，国王计划举办一场盛大的舞会。国王叫来儿子们，对他们说：“让你们的妻子为我做一件外衣，我要在舞会上轮流穿。”

大王子和二王子窃笑着回去了，他们觉得弟弟的青蛙妻子绝不可能做出衣服来。小王子可犯了愁，心想：“我那只可怜的小青蛙手那么短，怎么能做出一件外衣来呢？”他回到寝（qǐn）宫之后，瓦西丽萨看着他闷闷不乐的样子，问清了事情的原委，她安慰丈夫说：“这有什么难的？你放心休息吧，我肯定能在明天舞会之前做好外衣的。”

第二天，瓦西丽萨真的当着国王的面拿出了一件镶（xiāng）满钻石和珍珠的华丽外衣。老国王一穿，正合身。他高兴坏了，不住地说小青蛙做的外衣比大王妃和二王妃做的漂亮多了。瓦西丽萨不由得偷偷捂嘴笑了，小王子虽然觉得奇怪，但也非常得意。原来，昨晚在小王子睡着之后，瓦西丽萨就脱下了青蛙皮，很快做好了这件外衣。

舞会就要开始了，老国王让三个儿子分别带着自己的妻子一起跳舞。小王子又开始难过了，他对小青蛙说："我带着你跳舞，大家一定会笑个不停的，我不想让你被人嘲笑。"瓦西丽萨感动地对丈夫说："你别担心，你先去舞会大厅里等着我，我稍后就来，一定不会有问题的。"

名师点评

这里再次体现了小王子的善良，让我们替瓦西丽萨感到欣慰。

于是，小王子一个人先进了舞会大厅，一些不怀好意的人都过来问他的妻子在哪里，小王子只好保持沉默。突然，大厅外响起了三声礼炮声，大家都觉得很奇怪。这时，一辆黄金做成的马车停在了大厅的门口，一位年轻的女子走下马车，缓缓进入了大厅。她是那么美丽，雪白的长裙上镶满了宝石，头上戴着黄金做成的王冠，这让大厅内所有的女子都黯（àn）然失色了。

人们不由得议论纷纷，但是谁都不认识她。那个女子走到小王子身边，带着迷人的微笑说："亲爱的丈夫，你不想跟你的青蛙王妃跳一支舞吗？"小王子高兴极了，他万万没想到自己的青蛙妻子竟然如此高贵、美丽。在所有人羡慕和惊讶的目光中，他和美丽的妻子跳了一支又一支舞。

这一切是多么美好！我不能让我的妻子再束缚（fù）在那张丑陋的青蛙皮里了。小王子这样想着。舞会结束后，他提前回到了寝宫，找到那张丑陋的青蛙皮，丢进火炉中烧掉了。

词语在线

束缚：使受到约束限制；使停留在狭窄的范围里。

很快，瓦西丽萨也回来了，但她无论如何都找不到青蛙皮了。这时，小王子告诉她，她不用再待在青蛙皮里受苦了。瓦西丽萨哭着说："距离三年的期限还有三天，我就可以永远脱离青蛙皮了。但是现在，我只能永远离开你了！"话音刚落，瓦西丽萨变成了一只灰色的杜鹃，从窗口飞了出去。

小王子十分后悔，他下定决心，无论如何都要将妻子找回来。于是，他独自走出王宫，逢人就打听。就这样，他漫无目的地找了很久，却始终没有瓦西丽萨的消息。小王子又累又饿，晕倒在了路边。等他醒来时，一个白胡子老爷爷正在喂他喝水。

"年轻人，你这是怎么了？"老爷爷关切地问道。小王子将自己的遭遇原原本本地讲述了一遍。老爷爷很同情他，于是拿出一个线团说："你把这个线团扔在地上，线团滚到哪里，你就跟到哪里，它会带你找到妻子的。"

小王子向老爷爷道谢之后，就将线团扔在地上，并且跟着线团一直走啊走。在路上，他看到一只熊，取出弓箭想要射它，熊说："不要杀我，求求你了，有一天我对你会有帮助的！"小王子放过了它，继续赶路。

名师点评

熊会如何帮助小王子呢？这里设置了一个很大的悬念，吸引读者继续阅读，也让接下来的故事变得更加精彩。

这时，有一只野鸭子飞过了他的头顶，小王子用弓箭瞄准了野鸭子。野鸭子对他说："不要杀我，求求你了，有一天我对你会有帮助的！"善良的小王子又放过了野鸭子，继续赶路。

一只斜眼的兔子从小王子身边跑了过去，小王子又想用弓箭射它，兔子对他说：“不要杀我，求求你了，有一天我对你会有帮助的！”小王子可怜这只兔子，就放过了它，继续往前走。

小王子走到了大海边，他看到一条鱼被冲到了岸上，眼看就快死了。鱼对小王子说：“善良的王子，求求你了，把我扔回蓝色的大海中去吧！”

小王子可怜它，就把它扔回了大海，自己继续赶路。翻过了山川，走过了森林，不知道过了多久，线团终于在当年把瓦西丽萨变成青蛙的那个巫婆家门前停了下来。

巫婆正躺在床上午睡，她的牙齿搁在架子上，鼻子一直顶到了天花板。小王子向她打听瓦西丽萨的消息，巫婆说：“我知道，你的妻子现在正在凶老头卡谢·别斯梅尔内的家里，快要成为他的食物了。那个凶老头非常难对付，只有杀了他，你的妻子才能得救。凶老头有不死之身，但是他的致命弱点是一根针，毁了那根针他就会死去。针在一颗蛋里，蛋在一只野鸭子的肚子里，野鸭子在一只兔子的肚子里，兔子在一个箱子里，箱子在一棵高大的树上。凶老头就一直在那棵树下看着，任何人靠近那棵树都会被他杀死。”

名师点评

这里体现出凶老头的谨慎和小王子所面临的挑战的艰难。

小王子按照巫婆的指点，走了很远的路才来到树下，看到树上有一个石头箱子。但那棵树太高了，很难爬上去，而可怕的凶老头正在树下守着。小王子冲凶老头射箭，箭全都中途掉落在地上。他正想冲上去跟凶老头拼命，一只熊突然从凶老头背后冲了出来，一把抱住树并将树连根拔了起来。熊跑了，树倒在小王子身边，箱子落在地上摔碎了，一只兔子跳了出来，飞快地往前跑去。

小王子已经没有箭了，只能眼睁睁地看着兔子跑远，心中满是绝望。就在这时，一只斜眼的兔子突然从草丛中跳了出来，它跑得很快，不久便追上了前面的兔子，将它撕成了碎片。一只野鸭子飞了出来，飞到了高空中。

小王子束手无策，另一只野鸭子却突然飞了过来，用翅膀狠狠扇了第一只野鸭子一下，被打的那只野鸭子下了一颗蛋，落入了蔚蓝的大海中。小王子看着无垠（yín）的大海，不知到哪里去找蛋，他流下了伤心的泪水。这时，一条鱼突然出现了，它的嘴里叼着那颗蛋。鱼把蛋放在岸边就游走了。小王子捡起蛋，砸开蛋壳后取出了一根针。这时，凶老头已经追了过来。小王子连忙把针掰（bāi）成了两截，凶老头化成一阵风消失了。

小王子走进凶老头的大理石宫殿，瓦西丽萨眼含热泪地向他跑过来，亲吻着他。小王子带着妻子回到了王宫，他们终于过上了幸福的生活，白头到老。

品读赏析

瓦西丽萨的调皮让她遭到了惩罚，她因此懂事了很多，还碰到了一个好丈夫。小王子好奇而又自作主张，差点儿害死青蛙公主，但是他又凭借自己的善良和努力救回了妻子。读完这个故事，我们学到了：只要我们保持善良的心，遇事多动脑筋并付出努力，就能过上理想的生活。

写作积累 XIEZUO JILEI

念念有词　娇滴滴　束缚　蔚蓝

· 小王子又开始难过了，他对小青蛙说："我带着你跳舞，大家一定会笑个不停的，我不想让你被人嘲笑。"

· 她是那么美丽，雪白的长裙上镶满了宝石，头上戴着黄金做成的王冠，这让大厅内所有的女子都黯然失色了。

· 巫婆正躺在床上午睡，她的牙齿搁在架子上，鼻子一直顶到了天花板。

思考练习

1. 瓦西丽萨为什么变成了青蛙？她又是怎样变回来的？
2. 为了救自己的妻子，小王子付出了哪些努力？
3. 读完这个故事，你受到了哪些启示？

金鸡冠的公鸡

名师导读

这是一个俄罗斯民间故事，由阿·托尔斯泰整理，选用时有改动。故事讲述了一只公鸡，头上长着金色的鸡冠，非常漂亮。它和一只猫、一只画眉鸟共同生活着。一只狐狸总是觊觎这只公鸡，想方设法要抓走它。狐狸能得手吗？

从前，一只猫、一只画眉鸟和一只头上长着金色鸡冠的公鸡是非常要好的朋友，它们一起生活在森林里的一间小屋里。一只狐狸总是想抓住这只公鸡，但是猫和画眉鸟非常厉害，狐狸打不过它们。

这一天，猫和画眉鸟去找吃的，让公鸡自己看家。它们临走时叮嘱公鸡说："我们要出去，你留下来看家。狐狸来了，你千万不要把脑袋伸到窗外。"

狐狸听说猫和画眉鸟出门了，果然来到小屋外，坐在窗台下唱了起来：

"小公鸡呀小公鸡，

头顶金冠多美丽。

油光光的小脑袋，

一绺（liǔ）胡须也很帅。

探出头来看一下，

豌豆味道真不差。”

公鸡信以为真，将脑袋伸出窗子去找豌豆。狐狸伸出爪子，一把将它拽（zhuài）了出来，转身朝着自己的洞穴飞奔。

名师点评

此处对爱慕虚荣、爱听奉承话的人进行了讽刺。

公鸡知道自己的朋友就在不远处，于是大声呼救：

“狐狸抓了我，

跑出森林，

蹚过溪流，

奔向山丘……

猫和画眉鸟，快快来相救！”

猫和画眉鸟听到公鸡的呼救声，迅速按照公鸡所说的路线追了上去，狐狸只得丢下公鸡逃走了。

又过了几天，猫和画眉鸟又要去找食物，它们又叮嘱公鸡说：“我的朋友，这次你千万别再把脑袋伸到窗外了，我们要去的地方很远，可能听不到你的呼救声了。”

说罢，它们就走了。狐狸得到了消息，又跑到小屋窗前唱了起来：

“小公鸡呀小公鸡，

头顶金冠多美丽。

油光光的小脑袋，
一绺胡须也很帅。
探出头来看一下，
豌豆味道真不差。”

这一次，公鸡一声不吭。狐狸眼珠一转，又唱起来：

“孩子往前跑，
麦子撒一地，
母鸡吃个饱，
就不给公鸡……”

公鸡听了很生气，把脑袋伸出窗子去问：“喔喔喔！凭啥不给？”狐狸伸出爪子，一把将它拽了出来，转身向自己的洞穴飞奔。

公鸡再次呼救：

“狐狸抓了我，
跑出森林，
蹚过溪流，
奔向山丘……
猫和画眉鸟，快快来相救！”

猫和画眉鸟刚好找到食物往回走，听到公鸡的呼救声后，迅速按照公鸡所说的路线追了上去。猫在地上飞快地跑，画眉鸟拍着翅膀往前飞。狐狸抓着公鸡跑不快，很快被猫和画眉鸟追上了。猫扑上去咬它，画眉鸟啄它，它们又救回了公鸡。

名师点评

猫和画眉鸟再次出手拯救不听劝告的公鸡，这里体现了它们的善良。

时光飞快地流逝，又过了一段时间，猫和画眉鸟又准备出去。临走时，它们严肃地叮嘱公鸡："无论狐狸在窗外说什么鬼话，你都不要把脑袋伸出去了，我们去的地方非常远，听不到你的声音了。"

说罢，猫和画眉鸟便到远处去了。它们刚走，狐狸又来到了窗前，唱起来：

"小公鸡呀小公鸡，
头顶金冠多美丽。
油光光的小脑袋，
一绺胡须也很帅。
探出头来看一下，
豌豆味道真不差。"

见公鸡不理睬自己，狐狸又唱起来：

"孩子往前跑，
麦子撒一地，
母鸡吃个饱，
就不给公鸡……"

公鸡这次还是一声不吭。狐狸再次唱起来：

"大人往前跑，
核桃撒一地，
母鸡吃个饱，
就不给公鸡……"

公鸡又忍不住了，把脑袋伸出窗子去问："喔喔喔！凭

名师点评

公鸡贪吃、任性、轻信他人、头脑简单，我们必须引以为戒。

啥不给？”狐狸伸出爪子，一把将它拽了出来，转身向自己的洞穴飞奔。它跑出森林，蹚过溪流，奔向山丘……

这次猫和画眉鸟走得太远了，无论公鸡怎样大声呼救，它们都听不到了。一直到它们回到家，才知道公鸡被狐狸抓走了。

猫和画眉鸟顺着狐狸的足迹往前追，猫在地上飞快地跑，画眉鸟拍着翅膀往前飞，它们终于找到了狐狸居住的山洞。猫调好古斯里的弦，边弹边唱：

“叮叮咚，叮叮咚，

古斯里金弦响声声。

暖烘烘的小山洞，

狐狸是否在家中？”

狐狸听了又听，暗自想道：我倒要看看，谁能把古斯里弹得这样悦耳，把歌儿唱得这样甜。狐狸走出山洞，猫和画眉鸟冲上前去，猫用爪子抓，画眉鸟用嘴啄，狐狸痛得连山洞都不敢回，转身往山里逃去。

猫和画眉鸟把公鸡放进树皮做的篮子里，捧着篮子回家了。从此以后，狐狸再也不敢来骗公鸡了，猫、画眉鸟和公鸡直到今天还住在那座小木屋里。

品读赏析

这个故事采用了诗歌常用的重章叠唱的手法，拥有很强的音乐性和节奏感，像是一首优美的故事诗。这个故事情节虽然简单，但却讲述了一个极为重要的道理：小朋友们一定不要被坏人的花言巧语所迷惑，尤其是一个人在家或在外边时，无论陌生人说什么都不要开门或者跟他走。

写作积累 XIEZUO JILEI

油光光　信以为真　暖烘烘

· 猫在地上飞快地跑，画眉鸟拍着翅膀往前飞。狐狸抓着公鸡跑不快，很快被猫和画眉鸟追上了。猫扑上去咬它，画眉鸟啄它，它们又救回了公鸡。

·狐狸伸出爪子，一把将它拽了出来，转身向自己的洞穴飞奔。它跑出森林，蹚过溪流，奔向山丘……

思考练习

1. 狐狸是如何一次次骗到公鸡的？
2. 你认为猫和画眉鸟有怎样的性格特点？
3. 这个故事告诉我们一个怎样的道理？

猫和狐狸

名师导读

这是一个俄罗斯民间故事，由阿·托尔斯泰整理，选用时有改动。故事讲述了一只淘气的猫被丢进了森林里，与一只狐狸结为夫妻，还成了森林里所有动物都畏惧的总督。这到底是怎么回事呢？

从前，有一个农夫养了一只猫。天底下再也没有比这只猫更淘气的了！打烂花盆、偷吃熏（xūn）肉、咬死小鸡……没有它不干的坏事。农夫忍无可忍，将猫丢到了遥远的森林里，自己回去了。

猫觉得无所谓，自己找了一个树洞住了下来，饿了就在森林里捕老鼠和鸟吃，生活得无忧无虑。这天，猫吃饱了正在森林里溜达，突然遇见了一只狐狸。狐狸从没有见过这种动物，于是诧异地问："你是谁？你从哪里来？我在这个森林里生活了好几年，从来没见过像你这样的野兽！"

猫抖了抖身上的毛，装腔作势地回答说："我叫柯托菲·伊凡诺维奇，我来自西伯利亚森林，是被派到这座森林来做你们的总督的。"

"啊，原来是总督大人，真是失敬！"狐狸说，"我从来没听说过你的事情，请不要见怪。要不要到我家来做客呢？"

猫答应了，于是来到了狐狸的洞穴。狐狸拿出自己珍藏的肉款待它，还问它："总督大人，你结婚了吗？"

"我单身。"

"这样倒好，我也是个单身的大姑娘，不如我们结婚吧！"

猫欣然答应了。第二天，狐狸到森林里觅食，猫待在家里。狐狸找来找去，终于抓到了一只鸭子。它心急火燎（liǎo）地往家赶，生怕自己的总督丈夫饿着。

这时，一只狼迎面走来，对狐狸说："站住，丽查维塔·伊万诺夫娜，把鸭子给我。"

"没门儿！"

"哼，那我只好动手抢了。"

"你敢！我要告诉柯托菲·伊凡诺维奇，它肯定会判处你死刑的！"

"谁是柯托菲·伊凡诺维奇？"

"难道你没听说过吗？柯托菲·伊凡诺维奇是从西伯利亚森林来的，是我们这个森林的新任总督。实不相瞒，过去

词语在线

装腔作势：故意做作，装出某种情态。

心急火燎：心里急得像火烧一样，形容非常着急。也说心急如焚、心急如火。

我只是狐狸姑娘，但现在我已经是总督夫人了。”

“我没有听说过，伊凡诺维奇夫人。我能见见这位总督吗？”

“哼！我丈夫柯托菲·伊凡诺维奇脾气坏得很，谁要是不如它的意，立刻就会被它吃掉！这样吧，你去准备一只羊，给它送个礼。我好心告诉你吧：你一定要将羊放在显眼的地方，自己在一旁躲起来，要是让柯托菲·伊凡诺维奇看到你，你可就要遭殃（yāng）了！”

词语在线

遭殃：遭受灾殃。

狼连忙跑着去抓羊了，狐狸继续往家里赶。这时，迎面又走来一只熊。

“站住，狐狸，你要把鸭子给谁？不如给我吧！”

狐狸轻蔑地说：“你快走吧，否则的话，我告诉柯托菲·伊凡诺维奇，你会没命的！”

“谁是柯托菲·伊凡诺维奇？”

“就是那位从西伯利亚森林派到我们这里来的总督啊！我从前是狐狸姑娘，现在是总督夫人了。”

“我可以见见这位总督吗？”

“我丈夫柯托菲·伊凡诺维奇脾气坏着呢，谁要是不如它的意，立刻就会被它吃掉！这样吧，你去准备一头公牛，给它送个礼。我好心告诉你吧：你一定要将公牛放在显眼的地方，自己在一旁躲起来，要是让柯托菲·伊凡诺维奇看到你，你可就要遭殃了！”

熊连忙跑着去抓公牛了，狐狸接着往家走。狼把羊带来了，还剥了皮，它到的时候正好看到熊背着一头公牛走过来。

“你好啊，米哈依洛·伊凡诺维奇！”狼跟熊打招呼。

“啊，你好，列万老弟！怎么样，你见到狐狸和它的丈夫了吗？”

“还没有，我正在这儿等着它们呢。”

“你到它们家把它们请到这里来吧。”熊对狼说。

“不，我不去，米哈依洛·伊凡诺维奇。我笨嘴拙舌的，还是你去吧。”

“不，我不去，列万老弟。我的毛乱蓬蓬的，还是你去吧。”

名师点评

熊和狼身强力壮，却连去“总督”家里都不敢，体现出它们对权贵的畏惧。

它们正在互相推托，正好有一只兔子路过。于是，熊叫住兔子说：“兔子老弟，你过来。”

兔子停下脚步，竖起了耳朵。

“兔子老弟，你头脑灵活，腿脚也利索，请你到丽查维塔·伊万诺夫娜家去一趟，告诉它老熊米哈依洛·伊凡诺维奇和老狼列万·伊凡诺维奇为它准备好了见面礼，请它和它的丈夫柯托菲·伊凡诺维奇来这里接受礼物。”

兔子飞快地朝狐狸家跑去，熊和狼开始商量躲到哪里比较好。

熊说：“我要爬到松树上去。”

狼说："那我该怎么办呢？我又不会爬树，要不你把我藏起来吧。"

熊让狼藏在灌木丛里，往上面盖了些枯叶。它自己则迅速爬到松树上，不时张望着。

不一会儿，猫和狐狸出现了。熊在高处首先看见了它们，于是低头对狼说："列万老弟，我可没想到柯托菲·伊凡诺维奇的个子会这么小！"

狼还没有回答，猫就迅速向公牛扑了过来。它浑身的毛都竖了起来，用牙齿和爪子撕着肉，嘴里不断发出仿佛生气一般的声音："喵！喵！"

熊又对狼说："别看它个子不大，可是真能吃啊！这么大一头牛，即使四个我都吃不完，它还生气嫌少呢！它说不定还想吃掉咱们呢！"

狼也想见识一下柯托菲·伊凡诺维奇的尊容，但是枯叶遮挡了它的视线，让它看不清楚，于是它悄悄地扒开了几片枯叶。猫听到灌木丛中发出沙沙的声响，以为是老鼠，于是耸身一跳就到了狼的面前，它用爪子狠狠挠了一下狼的嘴和鼻子。

词语在线

尊容：指人的相貌（多含讥讽意）。

狼吓了一跳，拔腿就跑。猫也被吓到了，一下子爬到树上，正好来到熊的身边。熊心想：完了，它袭击完狼，又来吃我了！时间紧迫，不容许熊慢慢爬下树了，它从树梢上直接跳到了地上，五脏六腑都跌坏了，它顾不得疼，爬起来飞快地逃走了。

狐狸见状，在后面大声嚷道：“逃吧，快逃吧，别让它把你们撕碎了！”

从此以后，这里所有的野兽都开始畏惧猫，将它当成这个森林的总督。猫和狐狸准备好了过冬的肉，幸福地生活着，现在它们还生活在这个森林里呢。

品读赏析

一只被遗弃的猫，在狐狸妻子的推波助澜下，竟然成了森林里的“总督”，种种不可思议的巧合促成了这一奇特的结果，这就是民间故事常用的手法。这个故事告诉我们，不要因逆境而畏惧不前，只要坦然面对挫折，依然能够抓住机遇，获得成功。同时也警示我们，不要对陌生的事物产生不必要的畏惧，要努力丰富自己的知识，用知识战胜对未知的恐惧。

写作积累 XIEZUO JILEI

装腔作势　心急火燎　遭殃　乱蓬蓬

·猫觉得无所谓，自己找了一个树洞住了下来，饿了就在森林里捕老鼠和鸟吃，生活得无忧无虑。

·狼还没有回答，猫就迅速向公牛扑了过来。它浑身的毛都竖了起来，用牙齿和爪子撕着肉，嘴里不断发出仿佛生气一般的声音：“喵！喵！”

·猫听到灌木丛中发出沙沙的声响，以为是老鼠，于是耸身一跳就到了狼的面前，它用爪子狠狠挠了一下狼的嘴和鼻子。

思考练习

1. 猫是如何与狐狸结婚的？
2. 狼和熊为什么会害怕个头这么小的猫呢？
3. 这个故事带给我们哪些启示？

灰额猫、山羊和绵羊

名师导读

这是一个俄罗斯民间故事，由阿·托尔斯泰整理，选用时有改动。故事讲述了一户农家里，有一只灰额猫闯了祸，惹得女主人想要绞死它，还连累了一只山羊和一只绵羊。于是，在猫的指挥下，它们一起逃了出去。在危机四伏的野外，它们会遇到哪些危险？

从前，一只山羊和一只绵羊生活在一户农家中，它们非常友爱，就算只有一把干草也会平分，从来不会相互争夺食物。它们一直安安分分的，很少遭到主人的惩罚。主人就算惩罚，也只会惩罚那只灰额猫。那只猫真的太顽劣了！它经常偷吃东西，只要主人不把吃的东西藏好，它就非把那吃的吃到自己的肚子里不可。

词语在线

顽劣：顽固无知；顽皮不顺从。

这一天，山羊和绵羊正在聊天，猫突然来到它们身边。猫平常总是“喵喵”叫个不停，今天却伤心地哭了。

山羊好奇地问：“可爱的灰额小猫，你今天怎么哭得这么伤心？还有，你的腿怎么了，为什么用三只脚一跳一跳地走呢？”

灰额猫停止抽泣，回答说：“我能不哭吗！恶毒的女主人今天狠狠地打了我一顿，我的耳朵破了，腿也受伤了。这还不算完，她还说要绞死我。”

“天哪！你犯了什么错，她竟然想让你去死？”

“因为我把酸奶油偷吃完了！”灰额猫又开始哭了，而且哭得比刚才更伤心。

“可爱的灰额小猫，你怎么越哭越伤心了？”绵羊问。

“我怎么能不伤心呢！那个女人揍了我一顿还不算完，竟然还说：‘女婿马上要来家里做客，但是酸奶油没有了，这可如何是好？看来只能杀掉山羊和绵羊来招待客人了！’”

山羊和绵羊大惊失色，怒斥猫：“哎呀，你这猫咪真该死，你怎么这么冒失！你闯下大祸不说，还要连累我们！你跟我们有什么仇什么怨？现在我们就要顶死你！”

词语在线

冒失：鲁莽；轻率。

猫立刻向它们认错，恳求它们原谅自己。山羊和绵羊看它的态度这么诚恳，就不再计较了。但是现在生死攸关，它们必须想出一条保命的计策，于是它们凑在一起商量起来。

“喂，绵羊大哥，”猫对绵羊说，“你的角不是最结实的吗？你一向都是顶斗的好手，你试试顶一下院门，看能不能撞开。”

绵羊一跃而起，来到院子中，助跑一小段距离后，用力撞上了院门，但闩（shuān）好的院门只是晃了一下，并没有被撞开。

“喂，山羊大哥，”猫对山羊说，“你的角不是也非常结实吗？跟其他农家的羊顶斗你都没输过。你也来试试看吧。”

山羊一跃而起，也来到院子中间，它助跑的距离更远，接着用尽全力撞上了院门，院门真的被它撞开了。

它们看着一望无际的田野，兴奋极了。山羊和绵羊迅速向前跑去，猫用三条腿吃力地跟在后面。猫很快便跑不动了，于是恳求道：“山羊大哥、绵羊大哥，你们不要丢下小弟我呀……”

山羊跑了回来，让猫骑到它的背上，又开始奔跑起来。它们越过山岭，跑过戈壁，穿过草地。不论白天还是黑夜，它们从未停下过脚步。终于，它们来到一个可供栖身的陡峭山坡前。山坡下是收割了的田野，遍地堆着干草，看起来像是一座城市。山羊、绵羊和猫觉得这里很适合休息。

这时已是深秋，晚上冷极了，露宿山坡如果没有火，它们会被冻坏的。但是到哪里去取火呢？山羊和绵羊正在商量时，猫已带来了几片干燥的桦树皮。它牵着山羊的角，让山羊角与绵羊的前额撞在一起。山羊和绵羊都被撞得眼冒金星，火花从它们的眼睛里跳了出来，桦树皮就被点着了。它们继续找来干柴，舒舒服服地烤起了火。

名师点评

用眼睛里冒出来的火来点燃干柴，充满了幻想色彩和童趣。

刚烤没一会儿，一阵沉重的脚步声从它们身后传来。猫回头一看，原来是一只巨大的熊。熊很客气地说："我又累又冷，想在你们的火堆边取取暖，可以吗？"

"原来是米哈依洛·伊凡诺维奇大哥，快坐下！你这是打哪儿来呀？"猫说。

"我去蜜蜂园吃蜂蜜去了，还和养蜂人打了一架。"

这个漫长的秋夜，它们四个决定一起度过：熊睡在干草堆下面，猫睡在干草堆上面，山羊和绵羊围着火堆睡着了。

词语在线

不速之客：指没有邀请而自己来的客人（速：邀请）。

刚入睡不久，又有不速之客被火堆吸引过来。那是七只灰狼和它们的狼王——一只白狼。

山羊和绵羊被吓得魂不附体，不知该如何是好，只能"咩咩"地乱叫。但是猫临危不惧，它镇定地对白狼王说："哎呀，我们不知是尊敬的白狼王陛下驾到了，未曾远迎，还请您见谅。"

白狼王没有理它，只是盯着山羊和绵羊，看样子马上就会扑上去了。灰额猫又说："大王是想和我的兄弟们比试一下吗？我们非常乐意奉陪，但是我还是想提醒您一下，千万不要惹怒我的山羊大哥。它的脾气坏极了，您别看它现在很安静，一旦发起怒来，在场的只怕都要遭殃。您看到它那把胡子了吗？那里面充满了魔法能量，跟它搏斗过的野兽，无论个头大小，全都死在了那把胡子之下。至于它那威力无穷的尖角，根本用不着施展，敌人就已一命呜呼了，因此那角只是用来剥野兽皮罢了。"

听到这里，躁动的狼群安静下来了，不敢轻举妄动。猫接着说：“尊敬的白狼王陛下，虽然您也非常强大，但我还是奉劝您恭恭敬敬地向它问安吧。您可以这样说：‘本王久仰您的大名，如雷贯耳，今天的比试就不劳您的大驾了，我们只想跟您躺在干草堆下面的那个小弟过几招，比试一下力气。’”

狼群接受了猫的建议，向山羊鞠躬致意之后把熊团团围住，故意挑衅它，想跟它比试一下。米哈依洛·伊凡诺维奇觉得自己寡不敌众，于是极力克制、退让。但是狼群步步紧逼，它忍无可忍，于是使出全身的力气，用两只手一手抓起了一只狼。别的狼见这位小弟都这么强大，再也不敢打两只羊的主意，一哄而散了。两只被抓的狼费力挣脱后，也夹起尾巴逃走了。

就在狼群围住熊的同时，山羊和绵羊已经趁乱驮着猫逃进森林中去了。不幸的是，它们又跟几只灰狼狭路相逢了。

词语在线

狭路相逢：在很窄的路上遇见了，不容易让开，多指仇人相遇，难以相容。

灰额猫爬上了枞（cōng）树的树顶，山羊和绵羊在它的建议下纵身一跳，用前腿钩住枞树的树枝，挂在树上。几只狼在树下磨着牙齿，等着羊力气用尽掉下来。

情况很危险，猫知道不能干等着，于是摘了枞树果实扔向那些狼，口中说道：“一只！两只！三只……这些狼就留给山羊大哥吃吧，我刚才一口气吃了两只狼，连一根骨头都没剩下，现在肚子还撑着呢！山羊大哥，你刚才还说要抓几只熊当食物，现在有食物送上门来了。你就吃了它们吧，我应得的那一份也让给你。”

猫话音刚落，山羊挂在树上的脚撑不住了，于是尖角对准狼，倒栽下来。猫大声喊着：“对，就是这样！抓住它们！”

狼吓得四散奔逃，一眨眼的工夫就不见了。灰额猫、山羊和绵羊又开始了它们的旅程。

品读赏析

灰额猫是一个贪吃的闯祸精，但又是足智多谋的“智多星”。它运用智慧让陷入危险的自己和山羊、绵羊逃出农家，又机智地吓跑了两群狼，让读者认识到：智慧远比武力更强大。我们要学习灰额猫的临危不惧和随机应变，不要被困难吓倒，要运用智慧战胜困难。

写作积累 XIEZUO JILEI

顽劣　冒失　不速之客　魂不附体　一命呜呼　狭路相逢

· 它们越过山岭，跑过戈壁，穿过草地。不论白天还是黑夜，它们从未停下过脚步。

·它牵着山羊的角，让山羊角与绵羊的前额撞在一起。山羊和绵羊都被撞得眼冒金星，火花从它们的眼睛里跳了出来，桦树皮就被点着了。

·至于它那威力无穷的尖角，根本用不着施展，敌人就已一命呜呼了，因此那角只是用来剥野兽皮罢了。

思考练习

1. 灰额猫、山羊和绵羊为什么要逃出农家？
2. 灰额猫是如何吓跑白狼王和它的属下的？
3. 灰额猫是如何赶走树下的狼群的？

延伸阅读

中西方民间故事的差异

民间故事是在民间文学的沃土上生长出的故事，它们不负有传递真实的责任，所以也没有人去关心那些故事是否真的发生过。民间故事可以发生在任何时间和地点，也可以说没有时间和地点的限制，并且没有确定的形式，它们最重要的属性就是趣味性。虽然一些相似的故事情节可能出现在世界各地的民间故事中，但是不同国家和地区的民间故事之间的差异也是客观存在和无法否认的。在这里，我们来简单探讨一下中西方民间爱情故事的差异。

很多学者注意到，中国的民间爱情故事，多数是贫穷的男子和地位相对较高或条件相对优越的女子结合。例如董永和七仙女、牛郎和织女、梁山伯和祝英台、农夫和田螺姑娘等。有学者分析，这是因为中国古代文字普及率相对较高，所以民间故事的创作者有很多都是识字的底层男性（相应的，上层男性的兴趣更多在诗词歌赋上）。因此，他们会在故事中为地位和自己相当的主角设计一场奇遇，娶到美丽而地位又高贵、条件又优越的女性为妻。由于中国人感情比较含蓄，因此中国民间故事中男女主人公的结合往往会遭遇很多挫折，例如梁山伯起初没有认出祝英台是女性、织女被王母带走、田螺姑娘不愿意当着男主人公的面现身等。

而西方民间爱情故事，多数是以底层女性得到上层男性（国王、王子、领主等）的爱慕并与之结婚为结局，故事里的男性大多都是符号化的，是幸福生活的象征。男女主角之间多数没有什么感情铺垫，女主人公与贵族男性结婚，就是故事的终结。有学者分析，这是因为在古代西方，穷人的识字率很低，所以民间故事的创作者往往是社会地位较高的男性，这样一来自然就诞生很多站在贵族男性角度看问题的故事：在他们眼里，地位比自己低的女性得到他们的爱慕，是她们非常荣幸且幸福的事。

中西方民间故事的一个重要题材，就是普通人通过奇遇或智谋战胜强大的敌人。例如中国的《宝莲灯》《李寄斩蛇》，西方的《参天树》《鸽子姑娘》等。由于中国自古推崇集体主义，所以这类故事的主人公往往背负着集体乃至国家的责任，战胜的往往是为害一方的恶人或妖魔、怪兽；而西方推崇的是个人英雄主义，主人公战胜强敌的目的主要不是为了帮助他人，而是为了自己获得财富或其他利益。与之相对应的，中国民间故事里的主人公为了达到目的往往需要饱经磨难、忍辱负重，这便给故事蒙上了一些凝重的色彩；而西方民间故事中的主人公则往往明朗、乐观，他们常常突然得到一些宝物或力量，幸运地战胜强敌，这也使得故事常常洋溢着一种轻松的气氛。

民间故事的差异，只是中西方文化差异的一种表现。中西方有着不同的民族文化特质，这在文化上必然产生差异，这些差异是无法简单用孰优孰劣来评判的，更重要的是，谁能够更好地保护自己的传统文化，使其得到更好的弘扬和发展。